ペンと兵隊

火野葦平の戦争認識

今村 修
Imamura Osamu

石風社

ペンと兵隊——火野葦平の戦争認識 ◉ 目次

ペンと兵隊　火野葦平の戦争認識

ペンと兵隊

火野葦平の戦争認識

兵隊たちは英雄ではない。しかし、自分の歴史は持っている。その個人の歴史と、国家の歴史と、世界の歴史はいつもくいちがい、巨大な時間と時代の流れに押し流されて、盲目の歩みをつづけているだけなのだろうか。昌介は昏迷してなにもわからなくなった。

（火野葦平『魔の河』光文社　昭和三十二年十月刊）

第一章　火野葦平の思想体験　作家以前について

はじめに

わが国では「二十代で社会主義者でない者は馬鹿、三十代でも社会主義者である者も馬鹿」という言い慣わしがあるけれども、イタリアには「二十にして無政府主義者、三十にして保守主義者」という諺があるそうだ。思うに、この、ふたつの諺は一見したところ同一の事態を語っているかのように受けとられるが、実のところ、基本的な方向の違いを内包しているのである。すなわち、日本では〈馬鹿〉という言葉が、いみじくも示すごとく、それは〈成長〉を意味するわけだが、イタリアでは、それは〈自己放棄、屈服、魂の苦悩〉にほかならない。このことから引き出される解釈はイタリアの場合、あくまでも座標は動かず人間の思想と行動様式が移行したのに対し、日本では人間の〈成長〉につれて座標そのものが移動するということなのだろう。

さて、ところで、わたくしが小論で展開しようと思うことは、こうした比較思想的な論述にあるのではなく、作家としてデビューする以前の火野葦平が、いまだ青少年の頃、人並に〈馬鹿〉であった時期をとらえて、若干の考察を試みるということにある。その際に、わたくしが考察の対象とする時期を明確にしておけば、彼の生活史のなかでも早稲田大学の門をくぐった一九二六（大正十五）年から父の家業を助けるべく最初の大陸行をはたして帰若した一九三二（昭和七）年頃までということになる。さらには、彼が思想体験の渦中にあった時期を特に重点的にフォローしてみたいとする、わたくしの問題意識からすれば、とりわけ「或る事情から、昭和三年、早稲田大学英文科中途退学後、しばらく文学から遠ざかっていた。そして、また、或る事情から、昭和七年、ふたたび、文学へ還った」（『火野葦平選集』第一巻・自筆解説）、この時期こそが、当然のことながら重視されなければならない。

彼の、五十二年というさして長くはなかった生涯のうちで、この時期に彼が遭遇したさまざまのドキュメントについては、幸いなことに『花と龍』『魔の河』『青春の岐路』といった一連の作品群で隈無く描き出されている。もっとも、これらの作品にみられる心情の吐露、あるいは事象の展開で、即、忠実な自伝となり得ているかということになると、いくらかの疑問が残るとしても「辻昌介はそのまま私ではない。しかし、青春の岐路に立った昌介の姿は、私に通じていると思ってもらってよい」という作者自身の発言が示唆しているように、すくなくとも、これらの作品群を手がかりとすることによって、わたくしの問題意識は、その殆んどを満たすことができるはずだ。

思えば、火野が自らの青春を「矛盾と混乱」のるつぼであったと総括してみせた時、それは彼一個のものというよりも、いつの時代にも、そして誰彼の青春についても言い当てることのできる言葉である。とは言え、「昭和初期のマルクス主義の「逆行」は、今にして思えば信仰であった」（松田道雄編・近代日本思想体系『昭和思想集・Ⅰ』解説）というコメントからも窺うことができるように、わが国の昭和思想史上、特別の意味をもつ時期に自己形成をなしとげた火野の場合、それは、また、すぐれて時代精神の泡立ちに刻印された「矛盾と混乱」でもあった。以下、小論の展開において、そこらあたりを浮き彫りにすることを念じつつ、筆を進めることにしたい。

一

さて、十三歳で旧制小倉中学に入学した火野は早くも文学への志をたて、心ひそかに自らの進むべき道は早稲田大学英文科以外に考えられないとしていた。しかしながら、この希望を父・金五郎に伝えた時、返ってきた返事は「仲仕に学問は要らん、中学でも上等すぎる」というものであった。ただいまも述べたように文学をおいて自らの生きるべき道はないと思い定めていた火野は、当然のことながら泣くようにして歎願し、四年次から合格することができれば進学を許すという条件で父の承諾を得、幸いにも一九二三（大正十二）年、早稲田第一高等学院（予科）に合格、青春の野心と情熱とを文学に賭ける場所と時間を手中におさめることができた。火野がわき目もふらず文学に関心を集注していた中学時代、同世代の亀井勝一郎は、すでに〈富める者〉と〈貧しき者〉の二者が社会に存在するということについて激しい倫理的な責めと苦悩をもっていたという(『わが精神の遍歴』)。火野の、青年初期における思想体験を論じる際に、一方で亀井勝一郎の歩んだ軌跡を追っかけるのも、また興味深いものであると考えるがゆえに、以下でおりにふれて言及する機会をもつつもりであるが、それはそれとして、予科を終えた火野は一九二六年、彼二十歳の時、待望の早稲田大学英文科に進み、入学するや否や中山省三郎、寺崎浩という友人たちと語らって同人雑誌『街』を創刊し、翌年には、やはり中山らと詩誌『聖杯』を創刊するという具合に、それまで原始蓄積してきた創作活動へのエネルギーを一度に発散させたかのようである(なお、この頃の彼の文学活動については「『街』の思い出」一九四〇年執筆、「『聖杯』のころ」一九四一年執筆、いずれも『百日紅』所収、などの回想文を彼自身、したためている)。

こうして、火野が友人たちと同人雑誌の旗上げに乗り出した時期、つまり大正末期から昭和初年にかけては「空前絶後の同人雑誌時代」(小田切進『昭和文学の成立』)と呼ばれているけれども、のちに昭和文学の担い手となった作家たちの多くが、この隆盛をきわめた同人雑誌時代に習作活動に励んだのであった。たとえば『文芸市場』一九二六年四月号には「全国同人雑誌関係者一覧表」が掲載されているが、編集者の調査によれば、当時、雑誌百六十四種、その関係者一、一四〇名が確認されている(高見順『昭和文学盛衰史』)。文学に己れを賭けようとする青年たちによって支えられた、多分これら同人雑誌の内容的な動向は、そのまま当時の文学状況全体の縮図とも言えるものであってプロレタリア派・モダニズム派・芸術派とさまざまの傾向が混在していた。そうしたなかで火野は、と言えば、彼が中学時代から絶対的な偶像としてきた佐藤春夫を模倣したようなロマンチックで幻想的な作品を数多くものしている。わたくしは、残念ながら未見なのだが、『狂人』という題を附した自伝的な作品を書いたのも、この頃のことだ。

ところで、一方では先にも述べたごとく自らの野望実現に邁進する充足感をもちながら、他方、たえず彼につきまとっていたのは自分の能力に対する不安であった。彼は、こうした不安のさまを、つぎのように述べている。「文学一途に突き進んではいたが、昌介も自分の才能を反省して悲しくなるときがあった。同級生たちと同人雑誌を出し、小説や詩を発表しても、他の同人の作品の方が問題になり、昌介のは取りあげられないことがあった。自分に作家として立つ才能があるのかという疑問と設問ほど、深刻なものはなかった」(『青春の岐路』)と。だから、たとえば『街』の創刊号に掲載された坪田勝の一幕もの「トロイの木馬」が岸田国士の激賞を受けるなどという事実が、火野を含む他の同人たちに少なからぬ動揺を与えたであろうことは、おのおのが文学的な野心を成就すべく強烈な自意識の持主たちであっただけに想像に難くないところである。坪田の作品は『新潮』新人特集号(一九二五年十月号)に抜擢され、なお、同号の企画として巻頭に広津和郎・金子洋文・藤森淳三のめんめんが、当時の嘱望される新人について紹介の労をとっているけれども、注目すべきは藤森淳三が玉井雅夫(火野の、この頃のペンネーム)の名を挙げており、すでに火野の才能に一定の評価を与える批評家のいたという事実である。

さて、以上、述べてきたことは小論の意図からすれば予備作業的な記述にほかならないのだが、いずれにしろ、青春の情熱を、すべて文学に投入していた火野は、それからわずかの日をおいて「地方のプロレタリア文学青年として、これ以上典型的な人物を探すのはむずかしい」(飛鳥井雅道「民族主義と社会主義――火野葦平のばあい」・桑原武夫編『文学理論の研究』所収)と言わしめるほどの鋭角的な姿態転換をとげることになる。

そこで、つぎに、いよいよ文学青年から政治青年へと転身する前後の道ゆきについて、残されている彼の作品群を手がかりに光を当てなければならないわけだが、とりわけ『青春の岐路』(『世界』一九五八年新年号より十月号まで連載)は火野の分身、辻昌介の思想的な動揺期を追体験的に描き出した作品であり、火野の社会意識的側面からする覚醒過程と、その意味するところをフォローしたいとする小論の問題意識からすれば充分に手応えを期待することが可能である。それゆえ、以下での叙述の展開において、この作品に依拠することが多いであろうことを、あらかじめお断りしておきたい。

二

さて、わたくしは作家以前の火野にみられる思想体験を問題とするに際して、ふたつの具体的な時期区分(体験)を挙げることができると思う。そのひとつは早稲田大学在学中の入営体験であり、いまひとつは、除隊後、再び大学に戻ることなく家業に専念するようになってからの体験である。

そこで、まず、わたくしは彼が入営期間中に体験したさまざまのことどもを通して、いかなる思念を把持したかという点について言及しておこうと思う。

火野は一九二八(昭和三)年二月一日、福岡歩兵第二四連隊に幹部候補生として入営している。当時、彼は早稲田大学二年生に在学中であったが、一年休学して除隊後は、再び大学に戻れる道が制度的に開かれていたこともあって、規則どおりに二十歳で徴兵検査を受け甲種合格、二十二歳で入営したのである。周知のごとく、一八七二(明治五)年以来、わが国の青年男子は満二十歳にして徴兵の強制義務を負い、青年にとって、この徴兵検査は人生の岐路をなすような意味をもつものであった。

ちなみに、ある資料によれば火野が入営した一九二八年に徴兵を忌避したもの七九五名、上官暴行二三、兵器を用いた上官暴行七、上官侮辱二四、不敬四、という件数が挙げられているのだが、火野は、当時の青年たちが一度は通過することを強いられた、この入営=軍体験そのものについては詳らかにしておらず、別段、疑問をいだくこともなく、この「国民的な義務」に応じたものと考えられる。ただ、しかし、入営中の具体的な生活を通じて得たところの注目すべき思念については『青春の岐路』に、かなり書き込まれている。

まず入営した最初の日、連隊長が「諸君は将来、わが光輝ある国軍」の双肩を担うものだ、という訓辞をたれた時、主人公、昌介は「くすぐったくなって、あやうく吹き出すところであった」らしいが、こうした反応から察するに使命感に燃えた青年のイメージからは遠く、俗に言う〝帳面を消す〟以上でもなければ以下でもない意識の持主として入営したものと思われる。もっとも、十ケ月という限られた期間とは言え、軍の内側で生活することを余儀なくされた昌介（火野）にとって吹き出しそうな日ばかりがつづくわけではない。軍の差別的な、そして暴力的秩序維持の機構について、真正面からする根本的な疑問を提示しているわけではないけれども、しかし、およそ理性の存在を認めない場＝軍を彼は逆手にとって、それを自らに対する〈試練〉として位置づけていたのであった。それは端的に、つぎのような個所に窺うことができるであろう。「自分の大切な青春の時期がこういう押しつけられた戒律のなかで、果たしてその自由と純粋さとを持続し得るか、どうか。たたきつぶされて分裂するか、破裂するか、その試練への予想を身ぶるいするような冒険として自覚した」のであった。すなわち、青春というものについての最高価値を自由と純粋さに求める昌介（火野）にあって、すべての価値判断が単純に地位の上の者によって独占されているという家父長制的な支配・被支配や、その実質的な表現としての過度な肉体的・精神的な強制は、まさに〈試練〉以外のなにものでもなかったのである。なお附言しておけば旧日本軍隊のあり様を「日本風な文化」の表現として考察した飯塚浩二の著『日本の軍隊』は、すべての成年男子が義務づけられた入営体験＝軍の内側が、どのようなものであったかを〝暴力と恩情〟〝人間性の抹殺〟〝人間の濫用〟と題して詳細に言及しているのである。

ところで火野は具体的な〈試練〉のさまを日出生台行軍に際してのエピソードを折りまぜながら描いている。すなわち、三十二キロにおよぶ行軍に恐怖した同期の幹部候補生たちがはじめから意識的に落伍をするための猾い目論見をしているのを傍で耳にした時、火野は彼らに対する強い人間的な不信感をもったのであるが、一方、彼自身は、あくまで自己との戦いとして完全軍装のまま倒れるまでは歩き通そうと決意し、事実、そうして行軍を貫徹したのであった。火野の生涯を貫いた一本の赤い糸＝誠実主義は、すでに、ここに顕現しているというべきであり、そして、若き日の、こうした質の誠実主義は、そのまま、戦争に協力し加担した人びとの結果的善悪もさることながら、今次戦争後の文学潮流を批判した際の彼の視点に連接しているとみてよいだろう。火野は『戦争文学について』（一九五二・十二）というエッセイの中で、そこのところを次のように述べている。「私は戦場で、あたえられた任務を果たさない兵隊を、人間として信用することはできない。それは好戦的ヒロイズムとはまったく別個の問題で、一直線に人間そのものの根底に通じている人格論である。まして、兵隊が戦場から脱走したり、部下を捨てて指揮官が逃亡したりすることを肯定したり、賞揚したりする態度で書かれた戦場小説を私は疑問の眼で見る」というのが、その眼目だ。火野は自らの価値意識を、こうした人格論に据えながら梅崎春生の『日の果て』が兵士として責務に忠実な若い連れの兵隊を卑小化し、逆に、女と困難な戦場から逃亡した軍医を英雄化しているとし、あるいは野間宏の『真空地帯』が復讐の怨念に燃えるやくざな兵隊が真空地帯を打ちこわす存在としているということで、共に批判している。

　いま、わたくしは火野の人格論的立場からする戦後文学批判について、これ以上のことを述べるつもりはないけれども、ただ、ここで一言、私見をはさませてもらうならば、わたくしは彼の日本的な感性に裏打ちされた人格論＝誠実主義に対して違和感をもつ。すなわち国全体が戦争体制にある時、つまり、あらゆる国民が死に向かい合って生きている時、そうした状況下で〈誠実〉に対応するということは公の立場を担っている者の眼からすれば、実に〈善良〉な私の立場ということになるだろう。公の要請を〈誠実〉に受容し、あるいは公が公認した生活意識をもつということは、言ってみれば、私にとってたやすいことであり、事実、大多数の国民は、当時、こうしたたやすい〈誠実〉な生き方を選びとったのであった。この国には、こうした肥えたご主義とも言うべき誠実をもって尊しとなす、といった倫理観念が支配的だということもあって、火野の主張にみられるような人格論に対して、なかなか真正面から反駁を加えるということはむつかしいが、あえて誤解を恐れず述べるなら、わたくしは、そうした時代を不誠実＝ふまじめに生きることの方が孤独で至難な道ゆきであったろうと思う。

日出生台行軍に際しての昌介（火野）の態度から話が、いささか脱線してしまったが、ここでは、すでに若き日の入営体験時に、すでに後年の火野にふさわしい誠実主義の端緒を確認し、かつ、彼の誠実主義に対して、わたくしとしては容易に同じ難いということを述べておくだけで充分だ。

以下、行論を本筋に戻して入営前後の火野の心象風景について述べなければならぬわけだが、はじめに述べたごとく早稲田大学入学当初、ただひたすら文学への情熱をたたきつけていたのだけれど、約一年をおいて彼の関心は確実に社会の方へ向きはじめているのである。もとより、その方向は、いまだ〈文学とマルキシズム〉の間を振子のように揺れ動くといった按配であって確たるものではなかったのだが。それにしてもエドガー・アラン・ポオを卒業論文に選び、デカダン詩人アーネスト・ダウスンに熱中するような彼の気質と、生活の実体などほとんど知らないお坊ちゃんの稚さとが、もっとも現実に密着したところで志向されるほかはない社会変革運動への参加と、どうして結びつくことになったのであろうか。

この点については、火野は、のちに「書物というものがあったからだ」と端的に述懐しているのだが、事実、この頃、たとえば「資本主義のからくり」などという題のパンフレット類が聖典のように読まれたようだ。火野が大きく方向転換をとげる時期が、まさに、こうした環境であったということは、もっと具体的に言うならば昭和初期という時代の特殊な雰囲気のものであった。すなわち「新しい神に信従するものの絶大なる歓喜、信ずる者に特有の傲慢と感傷性を伴いつつ、この雰囲気は若い学生の間にひろまって、その伝播力は、強制的な性質を帯びていた」(亀井勝一郎、前掲書)のであって、時あたかも、ひとりの知的青年として自己形成をとげつつあった火野も、こうした雰囲気の圏外にとどまることはできなかったということだろう。「新しい神」に親近感をもって社会の矛盾・不合理に対して目醒めつつあった火野が、一層、鮮烈な状景としてみたのは、やはり日出生台行軍の途上においてであった。『青春の岐路』で火野はつぎのように書き込んでいる。

すなわち昌介らは行軍の途中、山の麓の亀岡村というところで休憩をとったのであるが、その際に彼は村人たちの生活が貧窮の極限を示しているにもかかわらず、昌介らの部隊のために炊き出しをしてくれた地主の家は財力にまかせて数奇を凝らしているという現実をみた。ここにみる二様の農民の生活像は昌介にとって、そのまま若松港でみられる現実に重ね合わせることができるものであった。若松港にはうす汚れた貧乏たらしい風体と生活ぶりをさらしている沖仲仕がうごめいている一方で、豪奢をきわめる石炭資本家の生活ぶりがあったのである。あれを思い、これを思い彼が村人たちの現実生活を引き金に得た感慨は、要するに「あまりに貧富の差がはなはだしすぎる。不合理だ。どこかに矛盾があり、無理がある」ということであった。こうした感慨にとらわれた若者が、そのまま政治の世界に突き進んだとしても、それは、あまりに自然の道ゆきであったと言えるだろう。

ともかく彼の入営体験は、兵営内にひそかにレーニンの『第三インターナショナルの歴史的地位』と『階級闘争論』を持ち込んでいたことが同期生の策謀によって中隊長に発見され、そのことによりアカの烙印をおされ、結果として幹部候補生の試験に落第し、軍曹から伍長に降等されるということで、ひとつの結末をみたのである。時に除隊解散式は一九二八（昭和三）年十月一日のことであった。

三

火野は入営した際に満期除隊したならば、ふたたび大学に戻る目算をたてていたのだが、前節で示唆したごとく入営中に彼の意識は微妙に揺れ、あるいは除隊時における事情などを推しはかってみれば、それは、また当然のことであったと言うほかないけれども、結局、彼は学籍のあった早稲田に戻らなかった。そして、翌年の正月、沖仲仕の象徴ともいうべき玉井組の印半纏を身にまとい現場に出向くということで、彼は、ひとつの決着をつけたのである。

あれほどまでに両親とあらがいのはて、文学の道に進むべく早稲田大学に入学した彼が、家業を継ぐという形で若松に舞い戻ってきた経過について述べるのが、ここでの目的であるが、その前に、もう一度、故郷を離れた頃の彼の心の動きをみておきたい。

たとえば同世代の亀井勝一郎は、すでに小論のなかで再三にわたって引用している『わが精神の遍歴』の中で故郷を出立する際のことを、つぎのように追憶している。「僕は伏目がちに隠れるような思いで故郷を去った。いかにせば「幸福」から遁れることができるか、いかにせば家族の「期待」を裏切ることができるか。これが当時自分のひそかに抱いていた小さな陰謀であり、ある意味では贅沢な苦悩であった」と、早熟な政治少年であった亀井と、文学少年として自己形成をめざしていた火野との間には関心の異質さが存在したかもしれないが、〈政治〉に目醒めるにしろ〈文学〉に目醒めるにしろ微妙な齢頃に立った少年たちが自己をとりまく社会に対して精いっぱいのまなざしを向けたであろうことは想像に難くない。この点を火野について述べるならば、玉井家の長男という家業を継ぐ立場にありながら、こうした事情を振り切って故郷を離れた際の彼の心底には、漠然とではあれ市民的な幸福を拒絶することによってしか自己の希求する世界を手中にすることはできないのだ、とする思いがあったと思われる。火野は早稲田で『街』や『聖杯』という同人雑誌に依拠しながら制作に熱中しているけれども、折りにふれて故郷を題材としているなかで、故郷に対する驚くべき憎しみ、あるいは眼を見張るような不寛容さを読みとることが可能だ。こうしたことからして、わたくしの推測によれば、この時期の火野が自らの希求する世界を調達しようと考えた時、その決め手としたのは、まずもって故郷からの離別という点にあったのではないだろうか。

「『聖杯』のころ」は一九四一（昭和十六）年という時点で書かれた回想文なのだが、これによれば、早稲田に進学した当時の火野は故郷のことを考えると厭わしい気持になるばかりであったらしく、例の室生犀星の「ふるさとは遠きにありておもうもの　そしてかなしくうたうもの　たといおちぶれて異土の乞食となるとても　帰るところにあるまじや」に深く感じ入るところがあり、彼一個の心情を託して「病みほうけたるたましいをこころに抱いてわたしはむしろ異土の乞食とならんこと」をこそ望んだという。さらに、また彼は「たらちねのちちははなれどわが道をはばみし人を憎しとぞ思う」とまで言い切っているのである。事実『聖杯』第二号（一九二七年八月号）に掲載している『郷土詩鈔』は彼の故郷に対する許容し難い感情をそのまま披瀝したもののようである。わたくしは、残念なことに、この作品を実際には知らないのだが、「『聖杯』のころ」で、この作品の梗概にふれ『郷土詩鈔』のなか「雀」と題した詩篇があり、煤煙の町である北九州のきたない空を、いかにも楽しげに飛んでいる雀をふしぎそうにながめながら、ふるさとを憂しと思っている自分のために、このうとましい煤煙の町で楽しく過ごせるための心の鍵を自分に示してくれと誦したと述べている。

かくのごとき鬱屈した故郷＝家業に対する心持ちは、いわば彼の〈文学の青春〉が醸し出したものであったと思われるのだが、さて異土の乞食となっても帰るところではないと誓ったはずの故郷に彼が一転して舞い戻り文学をいさぎよく断念したうえで家業を継ぐということになったのは、いったい、いかなる経緯によるものであったろうか。

この点について年来の友人、中山省三郎は、両親の希望に沿いたいとする〈親孝行〉のせいだと述べているのだが(『葦平がこと』)、しかし、その真意は他にあったと言うべきであって、彼の自筆年譜が明らかにしているごとく若松港での「労働運動を第一義の道」と考えてのうえであったと解するのが至当である。風雲急をつげる彼の数年にわたる思想体験の幕開けは、まさに、この時からのことである。

新しい神を見出して「労働運動を第一義の道」と心に決め故郷・若松に戻ってきた時、彼には彼なりの成算のもと迷うことのない目標があった。すなわち、劣悪な労働環境のもとで、さしたる疑問をもつこともなく、ただ日々、酒とバクチと女にひたって、その日暮らしをつづける沖仲仕たちの現状を打破し、彼らの人間的な尊厳をなんとかして確立したいというのが、それであった。火野の場合、家業の関係で沖仲仕たちと日常的に接する機会があったということもあって、彼らにアプローチしようとした時、この頃、輩出した労働現場を知らない観念的な社会派青年たちにくらべればヴィヴィッドな労働者(沖仲仕)像をもっていたと言うことはできると思う。しかしながら彼らが彼らとして存在している現実をくまなく熟知していたのかと言えば、やはり彼もまた、ひとりのインテリ青年にほかならず、それであるがための辛酸をなめたようである。火野の実弟、玉井政雄は、いみじくも「インテリであっと思う」(『石炭仲仕・火野葦平』)と述べている。

た兄が荒くれた男たちの間に交って最初どれだけ苦い涙をながしたか、これは想像を越えると思う」(『石炭仲仕・火野葦平』)と述べている。

たとえば亀井勝一郎などにくらべる時、たしかに家業を通して沖仲仕(労働者)の生活実態を知っていたであろうが、重要なことは彼が彼らそのものではなかったという事実である。この点については彼にとって家業の提起している問題性ということで、のちに言及する機会があると思うのだが、論理・理性といったものについての価値を全く認めないばかりか、嘲笑の対象としてしかみていない沖仲仕たちの生活意識からすれば、火野との間に相当の距離があったとしても、それは当然のことと言わなければならない。作家、火野を評して「日本庶民の心情・その精神構造そのままを代表し象徴している」(安田武『戦争文学の周辺――火野葦平論』)と称されることは多いようだが、すくなくとも資質ということで言えば安田の指摘のとおりだとしても、しかし、彼自身は、まごうことなくインテリゲンチャの部類に属する人間であった。考えてもみてほしい、彼は、かつて早熟な文学少年であったわけだが、早稲田大学の門をくぐり知的エリートの予備軍として教養の蓄積につとめ、結果、昭和初期の先進的な社会思潮に身を染めるという生活史を辿っているのだ。ここで、わたくしは火野をまごうことないインテリゲンチャとして位置づけたけれども、その意味するところを誤解のないよう付言しておけば、それは「芸術の創造と享受は、いうまでもなく知的作業であって、ブルジョアもプロレタリアも、そこでは階級的存立条件の緊縛にもかかわらず螺階的に上昇する〝知識人〟であるほかない」(小笠原克『批評の文学的自立』)というほどのものを想定したうえでのことである。

話を先に進めよう。若きインテリゲンチャ火野が文学への断ち難い未練をもちながらも自分の覚悟を明確なものとするために、身辺にある一切の文学的残滓を整理し玉井組の印半纏を身につけて思想の青春を生きるべく出発点に立った時、その思想の中味となったものは、いったい、どのようなものであったろうか。この点について、わたくしは火野自身による記述を、そのまま肯定してよいと思う。すなわち「弁証法やマルキシジムを基調とした血みどろな階級闘争の理論や実践は、まだ彼の前に現実感をともなってあらわれてはいなかった」けれど、「正義感を満足させる一種のヒロイズムに裏づけられ（た）……センチメンタリズムやロマンチシズムもまじっていたかもしれない」（『青春の岐路』）と自己の内的要素を告白しているのだ。こうした、いわば現実感不在のままなされたところの貧しき民衆への接近というモティーフは、火野葦平という個人の存在上の要求に依拠したものではないことを物語っているのであり、そのかぎりにおいて彼の存在と思想との関係は本質的なものとして成立っていたわけではないと言い得るであろう。事実、昭和初期を風靡したマルクス主義＝新しい神の出現は、一種の清教徒的な使命感と結びつくことによって青年期特有の純真な社会的正義感やロマンチシズムに訴えるとともに、他面では、これまた若い世代の衒気や虚栄心に対する抗し難い魅力として作用するといったことは、確かにあり得ただろう。

いずれにしろ、当初の動機づけは、いまも述べたようなものであったと思われるが、火野の場合、ヒロイズム・センチメンタリズム・ロマンチシズムといった情緒反応の導くところ、わが国において階級的な立場からの理論と実践を担っていた集団である日本共産党に急速な親近感をもちはじめているのだ。火野のような若者たちの間でマルクス主義＝新しい神（日本共産党）に引き寄せられていったものたちについて、わたくしは例の丸山真男が創出した〈実感信仰〉と〈理論信仰〉の概念を援用しつつふたつのタイプを指摘することができると思う。すなわち、ひとつには火野のようにア・プリオリな党派的立場性にとらわれることなく情緒的な親近感をもって接近した〈実感信仰〉派と、人間・社会・歴史といったものについて階級的な立場からする整合的な認識をひっさげて接近した〈理論信仰〉派が、それである。

四

前節のはじめに示唆したごとく、火野が、はじめての印半纏を着て石炭荷役の作業現場に出向いたのは一九二九（昭和四）年の正月三日のことであったが、この時、故郷に舞い戻ってきたことについての両親の感激からは遠く、彼は胸のときめくような理想に燃えたっていた。さしあたり、彼は自らが見出した新しい神を共有すべく洞海湾に働く沖仲仕たちの組織化にエネルギーを集注したが、にもかかわらず、しばらくの間、火野はホゾをかむような思いを味あわねばならなかった。と同時に実感信仰派の彼は、ひとつの思想にコミットしたことに起因して自分自身の内部で整理し難いものをかかえ込んでおり、そのことのために、おおいに苦しんでいる。ここでは、そのことについて述べてみたい。

彼がコミットした思想は、言うまでもなくマルクス主義であったが、彼の逢着した苦悩は、純血志向の価値的一貫性を強く要求する思想に吸引されながら、しかし、一方では自分の精神的な雑居性を自己否定的に清算し得ないでいるということによって惹起しているのである。ならば彼がかかえ込んでいた精神的な雑居性とは何か、ということになるわけだが、まず、ひとつには日本共産党が天皇制打倒のテーゼをかかげているにもかかわらず、彼自身は幼少より親の影響を受けて天皇（制）について好ましい感情をもっていたということ、いまひとつは彼が沖仲仕の人間的な復権と解放を目ざして若松に戻ってきながら、しかし現実の家業が彼らを支配下におく荷役業〈小頭〉であり、彼は、その玉井組の若親分として彼らのうえに立つものであったということについての自意識を挙げることができるであろう。

そこで、まず火野にとって天皇（制）が、どのような位置を占めるものであったかを述べることにする。

彼は『青春の岐路』において端的に述べているのだが、それによれば「天皇への尊敬と、恐れと、愛とが、昌介の心の中に、重々しく巣喰っていた」こともあり、「さまざまの矛盾にも増して、天皇制の問題は、昌介を四苦八苦させた」のであった。ここで天皇制の問題をめぐって主人公が四苦八苦する羽目となったのは、言うまでもなく彼が新しい神を見出したために生じたものであり、もしも、そうしたものと無縁のまま成長しておれば、彼はなんの矛盾や苦悩も感じることなく、素朴で〈幸福〉な天皇崇拝者になり得たはずである。いずれにしろ、この問題の処置をめぐって彼がのたうち廻っている様は、逆に、それだけ彼の天皇（制）に対する親和力の強さを意味していると思われるわけであるが、火野の場合、こうした感情は、いったい、どのようにして調達されたものなのか。旧体制下、国民諸階層に対してほどこされた天皇制教育のしからしめたところと言ってしまえば、それまでなのだが、それにもまして、わたくしは玉井家における母親の日常的な気配りを看過することができない。なにしろ「母はたびたび新聞紙について眉をひそめながら所見を述べたことがあった。……新聞紙は反古になる運命を持っている。……包み紙にされ棄てられ、人に踏まれることも少なくない。鼻紙の代用にする者すらある。そういう新聞紙に陛下の御写真がのせられることは、どのような不敬がおこるかもしれないと心配するのである。……折りたたむときにも、けっして、写真のところは折り目のつかないように」(火野「父母の言葉」・『戦列の言葉』一九四三年)細心の注意を怠らない母のもとで彼は育てられたのである。母親のもっている一定の精神傾向が各々の家庭の雰囲気に刻印している重大な役割については、わたくしたちの日常的な生活体験からして容易に理解できることなのだが、そうした意味で火野が率直に告白している天皇への好ましい感情もたぶんに、かかる母親のもとで育まれたものであるにちがいない。くわえて、近代日本の社会風土における象徴としての天皇は、温情に溢れた最大最高の〈家父〉として人間生活の情緒の世界に内在し、日常的な親密さをもって君臨したのであったから、火野も、また〈家父〉の庇護を受ける〈臣民〉のひとりにふさわしく天長節の日の丸の旗の波に感動し、あるいは天皇の誕生日を心底祝ったのである。

思えば、火野は少年期より近代の外国文学に親しみ、久しく、その香りのなかで自己の精神形成を遂げ、それゆえに、この時期の日本庶民の意識レベルからすれば水準以上に西欧的な近代意識に裏打ちされた教養を身につけていたはずなのだが、しかし、こと天皇（制）の問題に関する限り、彼の教養は浸透しなかったと言うべきだろう。もとより、従前に装填していたはずの近代的な教養が、こと天皇（制）をめぐる価値判断に関する限り思考を停止してしまうという事態は、ひとり火野だけのものではなかった。およそ、一時代に考えられる最高の近代的知性を体内に吸収し、「根付の国」と題する詩で完膚なきまでに日本人の封建的な精神構造を弾劾した芸術家が一転して、何の歯止めも用意しないままに戦争協力の〈暗愚〉な行為にのめり込んでいった、そのつまずきの石は、まさに彼の天皇意識にほかならないのであった。ここに言う芸術家とは高村光太郎のことなのだが、彼にも天皇（制）の問題が眼の上のたんこぶとして意識された。その時期は、ここに論じている火野の思想体験期としての昭和初期にダブっている。しかし、この高村にしても天皇（制）の問題は所詮「思想の問題としてはつきつめられずに、どうにもならない骨がらみの問題として内的なコンプレックスとなり、そのまま棚上げ」（吉本隆明『高村光太郎』）にされるという事情にあったのである。ここでは高村の軌跡を紹介することで火野の場合が決して例外でないことを述べれば、充分なのだが、いずれにしろコミュニストとして自らを立てたいと決意しながらも、一方で彼が天皇（制）の問題を思想的に受け止め徹底的に考え抜くという緊張した課題意識を持たなかったのは、これまた良きにつけ悪しきにつけ彼の人間的な資質であったと言うほかない。単なる苦悩の世界に浸るだけではなく思想的な整合性をめざして彼が、この問題と応接しておれば、ことは、また異なった展開をみせたかもしれないのだが、しかし実際には以後の彼の軌跡が明らかにしているように、この問題にかかずり合うのが嫌になり、自己の世界を確保しようと思えば、いきおい、それの可能な文学に戻りたいとする思念が彼の内部に生起したのであった。

五

いまひとつ、彼は自らの奉ずる思想の要請するタテマエと、現に彼自身がおかれている客観的な位置との間に横たわる乖離についても思い悩むところがあった。それは父・金五郎の家業が石炭荷役機構のなかで中間搾取階層の一角を占める〈小頭〉であったということに起因している。この〈小頭〉を組み込んだ石炭荷役の諸関係を周到に説明することは容易でないが、そのことを抜きに火野を悩ませた家業としての〈小頭〉の階級性を明らかになし得ないと思われるので、おおまかなところを、まず述べることとしたい。

筑豊炭田で産出された石炭の流通経路をみるに明治中期以降というもの、まず若松港に集積のうえ――なかには門司港に移送されるものもあったけれど、その殆んどは――この地の石炭商の取引きにより各地へ送り出されるというのがつねであった。ところで、この石炭商は港では最高の権力者として君臨し、彼らは港湾荷役を直営とせず請負業者に下請けさせ、請負業者は、さらに組頭に下請けさせ、その下請けを小頭がしたのである。自分のところにかかえている部屋仲仕と呼ばれる専属の仲仕を使って荷役作業に従事する石炭仲仕業を〈小頭〉と言うが、この石炭仲仕には沖口と陸口のふたつがあり、玉井組は石炭を船に積み卸しする沖口の方であった。

こうしたタテ系列の関係を、いますこし具体的に述べれば、つぎのようである。

たとえば三菱の石炭を二、〇〇〇トン、大阪方面へ高砂丸で運ぶとする。高砂丸が八月十日の朝の潮で入港するということがわかると、三菱の店から請負業者である共働組あるいは聯合組に、そのことを知らせてきて荷役をしてくれと言ってくる。聯合組に言ってきたとすると聯合組は所属の小頭に、そのことを通知する。小頭は順番で当った組、たとえば岡野組とか玉井組とかが仲仕を引き連れてその汽船に荷役をしに行く――というわけだ。ここに記した例示は火野が「石炭の黒さについて」というエッセイで述べていることの借用なのだが、このようなこみ入った流通経路のせいで石炭の場合、山元の原価と消費地価格の差という形で大きくハネ返る結果になったという。一九二七（昭和二）年段階の官庁資料によれば「石炭の山元価格は一屯八円内外に過ぎぬが、京浜、阪神、名古屋のごとき本州における石炭価格は山元価格に汽車賃、船積賃、陸揚賃、代理店手数料等の諸掛並に荷役中の欠減等を加算するが故に山元価格の倍額には達する。更に小売値段に至りては、運送賃、叺（かます）賃、仲介人手数料等を要するから山元価格の三倍にも達する」というわけだ。石炭の価格自体は、いまみたようなかたちで形成されたのであったが、わけても、ここで明らかにしておかなければならないのは石炭荷役賃銀の契約が、どのようになされていたのか、という点についてである。

荷役賃銀は荷役の請負に照応し、石炭商から請負業者に対して支払われ、さらに小頭に支払われるという流れをとっており、この荷役賃銀は荷役の種別で異なっているが、ただ、この荷役賃は、すべてトン当りの契約ということで決められていた。すなわち、かりに荷主と請負業者が荷物炭一トン当り四十六銭ということで契約すると、請負業者は事務所費その他を引いて三十二銭五厘を小頭に渡す。すると小頭は、このうちから荷役に必要な道具賃として籠・スコップ・雁爪（ヅメ）といったもののほか、伝馬船費・税金・組合費などを差し引いて十八銭を渡すわけだ。このような荷役賃銀の算出法は〈小方（こかた）割り〉と呼ばれるものであったが、いずれにしろ、この仲仕賃銀は一方的に決められるのみで仲仕の意志はおろか、小頭の意向を斟酌するということも、まったくなかったのである。前近代的な社会機構がはりめぐらされた、この国の社会風土にあって被雇用者の賃銀が一方的に決められるということは別段めずらしいことではなかったけれども、とりわけ基本的に封建的な「親方制荷役団体」としての性格をもつ港湾荷役業の場合、こうした傾向は強かったのではあるまいか。いずれにしろ以上からも窺われるように厳固たるタテ系列の石炭荷役機構に組み込まれた小頭の位置は経営サイドの末端的なところにあるのであって、上からの一方的な意思の押しつけ（多くの場合、それは裁量の余地が皆無の経済的な枠づけであった）と、彼らが直接にかかえている仲仕の日常的な生活や要求の実体を承知しているがゆえの板バサミにあえぐほかはなかった。火野が「石炭仲仕の小頭ほどはかない商売はない。我々の仕事は確固とした職業でありながら、その基調をなしている石炭荷役というものはまるきり当てもなく頼りないものである」（「石炭の黒さについて」）と、のちに嘆息気味に述懐した時、そこには小頭の矛盾の集約点的な位置からするつらさがにじみ出ているのである。しかし、そうは言っても、この社会特有のタテ系列のもと小頭が小頭としての営みをつづけるためには、言葉はきつくとも小頭に雇われている仲仕の立場からするならば、中間搾取階級の一員という位置を放棄するわけにはいかなかった。思えば亀井勝一郎は自覚的な精神形成の出立に際し、まず自分が富める家の一員であるということに立ち向っていったのであったが、いまと昔とを問わず若きインテリゲンチャにとって一般的に社会への抵抗・反逆の発端となるのが自己の出自＝家に対してであり、そのことを起動因として彼らの社会意識が一層明晰なものとなっていった点を押える時、家業への疑問をいだきながら揺れ動く火野のさまがよく理解できるのである。彼は『青春の岐路』のなかで「中間搾取階級の子供であるという命題は、昌介にショックをあたえ、後に、このテーマは最後まで昌介を苦しめ、その矛盾の中でのたうつ結果になった」と述べ、この問題が当時の彼にとって、いかに重大なこととして意識されていたかを開陳している。彼を「苦しめ、その矛盾の中でのたうつ結果になった」その内実は、いったい何であったろうか。私見によれば、それは自分でスコップや雁爪を握って石炭の中に入り仕事をしても、それが所詮は、まねごとにすぎず、疲れたり汗をかいたりしたところで、その労働から彼が賃銀を得るわけではなく、それればかりか、印半纏を着て現場に出るということ自体が搾取の確認のためではないのか、という自意識にとりつかれていたがためであったのではないか。

六

さて、いまみたごとく彼の把持した思想と客観的な存在に規定された傾向性との間に横たわる分裂的な価値志向に対する葛藤を引きずりながらも、他方、近代的精神からはほど遠い「仲仕という一種異様な労働者階級」の状態を改善すべく一九二九年の正月、父が提出した退学届をよいことに現場へ飛び込んだ火野であったが、彼の意とするところは、なかなか満たされることなく、それから約一年余は腰の落着かない宙ぶらりんの時期がつづいた。

しかしながら一九三一（昭和六）年になり三菱が石炭積込設備を近代化・合理化する企画をたて、このことによって沖仲仕の仕事が奪われるような事態を生ずることになったことをきっかけに、ようやく火野の意とするところを具体化する手がかりを得たのである。

洞海湾における石炭積込設備すなわち荷役作業の近代化は、まず一八九八（明治三十一）年三月に鉄道院が若松側に水圧ホイスト・クレーンを二台設置したのを皮切りに続々と炭積機がつくられ、洞海湾一帯が石炭を呑みこむ「鉄の昆虫」で満たされるようになる。さらに一九一八（大正七）年になるとウインチ機械による捲き籠荷役にかわったが、その後も着々と湾内作業の技術的合理化はすすめられ、火野が炭積機建設問題に遭遇した時点では若松・戸畑の両側から、さらに沖の方にも石炭積込設備がはりめぐらされている。火野は、この当時の模様を次のように描いている。「戸畑側にも若松側にも、鉄道構内に桟橋があり、汽船・帆船が横づけになって積込みが出来た。特に戸畑側の規模が大きく、牧山岸壁には一日積込能力九、〇〇〇トンのホイスト・クレーン三基、新川の高架式桟橋は一日四、〇〇〇トン、新川の貝島炭積機はローダー・トランスポーター・コンベアの三つが一つとなった全国最初の新式設備で一時間三〇〇トンの積込能力をもっていた。若松側の高架式新桟橋でも漏斗式十七個を有していて、一日一八、〇〇〇トンを積込める」状態にあった。時に昭和恐慌を乗り切るべく徹底した経営の合理化が産業の各分野で行なわれ、それによって労働生産性を飛躍的に増大していく時期に照応しているが、そのことの必然的な結果として従業労働者を半減以上に駆逐している例は全産業的に見出され、失業者問題が一大社会問題化しているのである(この点については、さしあたり風早八十二『日本社会政策史』に詳しい)。事実、港湾荷役が機械化されることによって仲仕たちに及ぼした影響も、また甚大だったのであり、火野は当時「殆んど三分の一に減じた」(「石炭の黒さについて」)と述べている。いずれにしろ、こうした技術の進歩が労働者の犠牲を引き起すことは資本主義的な合理化の必然であるが、さきに火野が描いたごとく洞海湾内に続々と導入された近代設備に加えて、またしても高性能の石炭積込機が新たに三菱の手で建設されるとなると決定的に仲仕たちの仕事を奪うことになるという危機意識を彼がいだいたとしても無理からぬことだったろう。こういう具合に押し寄せる荷役近代化の波をもろに受けて、火野が日頃接している仲仕たちの間には「文明が進歩すりゃ、機械になるのはきまっとる。いくらゴンゾがブツブツいうたって、仕様があるもんか」というあきらめの風潮もみられたが、無知で低劣で、その日暮らしをつづける仲仕たちの間から、それまでとは異なった怒りや恨みの声が吐露されるのを彼は見逃さなかった。「これ以上、炭積機が出来たら仲仕はあがったりじゃ」という一部仲仕たちの切実な声を彼ら全部のものとしたい、そして、それが恒常的なヒューマニズムの発火点となって資本家と労働者との搾取関係を理解し、そのことを通じて団結の必要性を認識し階級闘争の戦列に参加する情熱をかきたててほしいものだ、と火野は念じた。自らのおかれている悲惨な状況を打破すべく、何ごとかを主張しようという意欲に欠ける仲仕たちを組織化するには余程のきっかけが必要だと考えていた火野は、ともかくも、この炭積機建設反対運動に挺身するなかで沖仲仕労働組合結成に向けての具体的なプログラムを手中におさめることとなった。反対運動の展開模様、その途上での労働組合結成にいたる経過など、この間のドキュメントについては『青春の岐路』や『花と龍』で仔細に描かれているので省略し、ここでは作者自身が『青春の岐路』のあとがきに付した、ことの顚末を記すにとどめたい。「困難な情勢の中で、やっと三菱炭積機建設反対を機会に、昭和六年三月五日、若松港沖仲仕労働組合を結成し、その年の八月二十三日、洞海湾はじまって以来のゼネラル・ストライキを敢行した。港湾全体の荷役がストップしたため、資本家はにわかに狼狽し、急転直下争議は三日間で解決した」。ちなみに前掲風早『日本社会政策史』の統計資料が数えるところによれば、この年全国労働者の組織状況をみるに組合数八一八、組合員数三十六万八〇〇〇人で戦前の組織率からすれば当時の労働者総数の七・九パーセントと最高値を示しており、また争議件数にしても二、四五六件で参加労働者は十五万四〇〇〇人、そのうちストライキ件数は九九八件で参加人員は六万四〇〇〇人と記録されている。

七

ところで、この反対運動を組織する過程で、あるいは沖仲仕労働組合を結成するに際して火野は、明らかにひとつの党派的な立場に立っていたのである。すなわち、文学を断念し〈思想の青春〉を自覚的に選択した時点での彼の共産党志向については、すでに示唆したと思うけれども、彼の党派的立場とは具体的に共産党の影響下にある諸組織とのコネクションを通してのものであった。彼が労働運動の領域で指導を仰いだのは日本労働組合全国協議会（全協）であったし、また文化運動の面で選択した路線は蔵原惟人の提唱した日本プロレタリア文化連盟の結成という方針を忠実に踏襲している。そこで話が前後するけれども、まず火野とプロレタリア文化運動との関わりについて若干述べることにしたい。

　彼の年譜、一九三一（昭和六）年の頃を、いま繙いてみれば三月に沖仲仕労働組合を結成して書記長に就任したこと、八月に洞海湾のゼネ・ストを打ち抜いたこと、とならんで六月に組合の名で当時の劇団『左翼劇場』を招いたこと、北九州プロレタリア芸術連盟を結成し、雑誌『同志』を刊行したことが記されている。

　この時期、日本共産党が非合法活動を余儀なくされていたこともあって、大衆の面前で合法的な活動をやろうとすれば、いきおい芸術が政治を代行せざるを得ないような状況にあった。政治課題に従属した形で展開されたプロレタリア芸術（運動）の濃厚な政治主義的な傾向は、こうした事情を抜きにして考えられない。それゆえ、火野が「プロレタリア芸術の方には深い関心を持っていた」という時も、それは、かつて彼が把持していた純粋な文学への関心からは、はるかに遠く、明らかに「もっぱら、直接の対象である沖仲仕の生活の改善」に貢献すべく、プロレタリア芸術を彼らの組織化をはかるための迂回的な政治教育のための方法として位置づけていたものと思われる。北九州プロレタリア芸術連盟が、もとより、そうした関心方向で創設されたであろうことは明らかであり、そして、それはとりもなおさず当時の日本共産党が打ち出した文化政策を北九州で具体化することにほかならなかったのである。すなわち、この分野における先導的な理論を提示した第一人者は蔵原惟人であったが、彼は『ナップ』一九三一年六月、八月号でそれぞれ「プロレタリア芸術運動の組織問題」「芸術運動の組織問題再論」をたてつづけに発表した。これらの論文において蔵原は日本のプロレタリア芸術運動の重大な欠陥として企業内の労働者にその組織的な基礎のないことを指摘し、工場や農村の文化サークルを基礎に芸術運動を再組織することの必要を説いたのであった。と同時に彼は、またプロレタリア芸術（文化）運動が共産主義運動の一翼として活動するための全国的な中心として日本プロレタリア文化連盟の結成を早急にすすめるよう提唱している。

わたくしは蔵原の、こうしたプラン提示と北九州プロレタリア芸術連盟結成の時間的な前後関係を明らかにする材料をもちあわせていないけれども、いずれにしろ火野（ら）の問題意識として蔵原理論の地域における具体化ということがあったというのは事実であったろう。この北九州プロレタリア芸術連盟と称するものの組織実態、活動内容、あるいは北九州における左翼運動の底上げするうえではたした役割など、いずれも不明であるが火野（ら）は、ここの機関誌ということで『同志』を刊行したけれども、火野が明らかにしたところによれば毎号発禁をくらい三号で潰え去ったとされている。この機関誌刊行の狙いは北九州における合法的なプロレタリア芸術運動の一翼を担う啓蒙雑誌というあたりにあったようだが、実際に刊行意図をつめていく作業が、どのような雰囲気のもとでなされたか、たとえば『青春の岐路』では曽我勇二の発言を通してつぎのように描いている。「曽我は『戦旗』に載った蔵原惟人の「ナップ芸術家の新しい任務」という文章を引用し、「文学（芸術）は党のものとならなければならない」というレーニンの言葉を引いてプロレタリア革命は世界的命題だ。若松は北九州のちっぽけな港町だが、その一翼としての任務を担当する義務がある」と。この文脈上からは主人公の昌介（とりもなおさず火野自身）がどのような応援をしたかという点について書き込みがみられないけれども、火野の周辺を含めて北九州プロレタリア芸術連盟に結集したものたちの間では曽我の発言に認められるようなニュアンスによる位置づけが、おそらくは共通のものとしてあっただろう。

八

さて、つぎにわたくしは前節で彼が労働運動と関わりをもった際に、当時、日本共産党の傘下にあった全協と接触している事実を指摘したのであるが、労働戦線における配置図を図式的に述べるならば、それはすでに当時から左翼・右翼・中間派の三派鼎立であったし、それぞれの流れは、ほぼ今日までの系譜となっている。すなわち、この三派鼎立を政治党派とのつながりで示せば日本共産党＝日本労働組合評議会（一九二八年に、この団体が解散を命ぜられて以降は日本労働組合全国協議会）、日本労農党＝日本労働組合同盟、社会民衆党＝

日本労働組合総同盟ということになる。いま、これらの集団形成過程における特質について簡単に述べるならば、つぎのごとくなるであろうか。

まず一極に現出したのが（すなわち、火野のコミットした）〈理論〉による〈組織〉化を企てるマルクス主義であり、これに先制されて他の極に位置したのが〈体験〉や〈実感〉を尊重し、人間の〈信用〉による結合を唱える〈健全な労働組合主義〉＝社会民主主義であった。この点について若干敷衍しておけば前者は歴史理論から戦術論にいたるまで完結した理論体系と、これを前提にした唯一最高の組織＝前衛党を頂点とする諸集団の形成をめざし、そうであるから、あいまいで漠然とした〈人間的魅力〉や人格的誠意といったものに共感してズルズルと組織化できるようなものではなく、客観的な理論の学習と理解を核心とした明確な決断によってなされた。これに対して後者の場合は、直接的な体験をこえる理論的な抽象や制度によって媒介された人間の結合を嫌悪し、なによりも実感や体験知を尊重するパーソナルな結びつきを重視している。

このような価値志向を考慮に入れたうえで、火野が洞海湾で沖仲仕の組織化に乗り出した際の態度を考える時、彼の資質から言ってもあるいは沖仲仕たちのもっている意識構造からしても、とりわけ社民型の価値志向になじむところがあって当然と思われるのだが、実際に路線のうえからは左翼志向であったという彼の行動選択には、いささか首をかしげたくなるところがないわけではない。たとえば彼の分身、辻昌介がこころみている組織化のための方法論など、まさにパーソナルな結びつきを重視している点で社民型そのものなのである。火野は昌介をして、つぎのように言わしめている。「労働組合結成にこぎつけるために仲仕たちに対して必要なものは、理論や命令ではなく、人間的な信頼感だった。単純な仲仕たちに信頼感を植えつけるには、彼等と同じ地点にいて、彼らと同じ行動をとることがもっとも端的であり効果的」（『青春の岐路』）なのだ、と。ここに述べられている価値判断を平たく言えば、それは口先の理窟を排して黙って世話をしてやることを通じて組織づくりのきっかけをつかむということなのであろうが、この場合、世話をするとは仲仕たちの日常的な利益を充足してやるという事実行為であると共に、組織者として自らを位置づけた昌介（火野）が被組織者たる仲仕たちに対して示すところの人間的誠意をも意味している。以上の記述からも明らかなように昌介（火野）のリーダーシップのとりかたは、どこまでも「体で引っ張る」というかたちであり、この点に関するかぎり彼が接近していた新しい神の要請する組織化のための方法論が介在する余地はなく、そして、それは考えてみれば客観的な彼の位置のしからしむるところであったと思われるのだ。すなわち玉井組の若親分として仲仕たちに接している昌介（火野）は、それこそ彼らの世話をすることを日常的な仕事としたのであったから。いずれにしろ、こうしたことのほかにも彼の実際生活を通じて形成されてきた意識なり態度決定の基準からすれば、彼の信奉した思想が求めるタテマエはなじみにくいところが多々あったはずである。

いま、わたくしは「多々あったはずである」と言ったけれども、これは第三者の眼にそう映ずるといっただけのものではなしに彼自身の内部でも大いに自覚されていたように思われる。そこらあたりを明らかにするために『青春の岐路』作中人物、オルグの曽我勇二の人間像を通じて火野が〈思想〉を、どのようにとらえていたか考えてみたい。そして、おそらくは、そこで明らかにされた〈思想〉観が、のちに彼がこの世界を離れていくことになった鍵を意味しているはずだ。

作中における作者の分身、辻昌介は曽我勇二が日本共産党のオルグであるという一点で批判し切ってしまえないこだわりを残しながらもルーズな女性関係や肉親への非情な行為を見聞きするにつけ曽我の人間性に強い不信の念をいだいている。こうしたひとりの具体的な人間（日本共産党のオルグ）を目の当りにみて、彼はつぎのような問いを発せざるを得なかった。「思想さえ立派であれば、人間は愚劣であってもよいのか。巨大で神聖な思想の保持者は、巨大で神聖な人間でなくともよいのか」——これは昌介にとって、あるいは何よりも思想の青春に身をおいた火野葦平その人にとって最も重大な問題であった。深山金造の名で登場する『溶鉱炉の火は消えたり』の浅原健三の愚劣さ加減についても昌介には許し難いものとして映っているが、当時、北九州における社民サイドからする労働界の大立者であった浅原に対する厳しい評価は、すくなからず党派的な対立によるものであったろうと思われる。そうした相対立する立場にいる者の愚劣さもさることながら、昌介は、それ以上に彼自身が賭けている思想を共にする者の退廃した人間性に対しては強い憤りを覚えている。この事実からわたくしたちがおよび知ることができるのは、ひとつの思想を担って生きている具体的な人間その人と思想の関係如何、ということについて火野が彼一個の尺度をもっていたということである。すなわち、彼一個の尺度は、それ以前の文学の青春期に彼が慣れ親しんだ人間観察に深く根差したものであったと言うほかはあるまい。彼は昌介に託して自らのもち合わせている価値判断の尺度を端的に述べている。「労働運動の現実問題として外側にあらわれた形よりも、いつでも人間の方へ注意を惹かれ、人間を離れて真実はないと執拗に考える」ようなタイプに属するということを。すくなくとも、このような関心態度は従来言われてきたような意味における社会科学的な認識からは、ほど遠いものであり、彼の尺度は、いわば文学的・情緒的なものに源をもっているのだと言えよう。とにもかくにも、こうした価値尺度の持主であっただけに火野は日本共産党に対する打ち消し難い執着を覚えながらも、それを担う者たちの内に伏在している嘘や悪を鋭敏に嗅ぎつけ、かつ彼の把持するヒューマニズムに対立するものとして、これらを激しく嫌悪したのである。付言しておけば、彼がことさらに思想と人間の関わりを問題視した背景には、当時の左翼の状況そのものがあった。すなわち天皇制権力の圧制という、およそ考えられるかぎりの悪条件下で営々と積み重ねるより術のなかった彼らの運動が、その力関係のゆえにいびつな要素を含まざるを得なかったという事情があるにしても、この当時の急進的ラジカリズムにあっては階級的な必要とあらば個人的感情というような一人ひとりの具体的な生活は無視してもかまわない、かまわないというよりも、それが義務であるという風潮があった。たとえば『党生活者』の主人公のごとく党をとりまく政治的な生活に没入し、これに対して絶対的な忠誠を尽すならば、およそ昌介（火野）が提起しているような「人間を離れて真実はない」とする問題が浮上するはずはなかっただろう。こうした視点から火野は人間の解放＝尊厳性の確立という大義名分のもとで、戦略・戦術のために他を利用し、引き廻すことをなんとも思わぬかのようなやり口を厳しく弾劾したのである。たとえば昌介にとって曽我勇二が他の仲間たちに語っている、つぎのような発言は、まさに許し難い内容のものでしかない。

「辻は気の毒だな。情熱は純粋でも、いつかは、アラビアのローレンスになる運命を内包しとるんだ。しかし、革命はそういう悲劇を必要としとるし、これに同情しては居られん。辻が犠牲になることなど、末梢の小事件だよ」。党派がもっている、このような非人間的〈政策〉の施行ぶりをふり返って、後年亀井勝一郎も党派と主義の名においてなされる人間の精神への残虐行為であったと自己批判している。

以上みたごとく火野が提出した思想と、それを担う具体的な人間に絡まる問題について、わたくしは単に政治知らずの倫理主義として一笑に付すわけにはいかないと思うのだ。なんとなれば同一人物のうちにあって、思想は思想、生活は生活といった分断的な並存が、現在もなお、さしたる疑問もなしに許容されているという知的風土性、あるいは大衆を単なる投票道具としてしか考えず、自らの思惑を押しつけ実現する対象としてしかみない党派の病理が克服されたとは言い難いがゆえにである。

九

さて、これまで述べきたったように自らが依拠する思想（政治）集団に対するさまざまの葛藤をもちながら、しかし実際には沖仲仕たちのミゼラブルな生活実態を打破すべく献身的に運動に従事してきた彼も、最初の大陸行をはたして若松に戻った一九三二（昭和七）年二月二十八日、それ以前の活動歴を問われ逮捕連行され、この体験を通して彼は自身の数年におよぶ思想体験期を否応なしに総括せざるを得ない羽目となったのである。この点に関する彼の内的作業がどのようになされたか、すぐのちに述べるが、その前に最初の大陸行についいて若干ふれておきたいと思う。

ここに言う「最初の大陸行」とは火野の自筆年譜からの借用なのだが、その意味するところは、とりもなおさず中国大陸にはじめて足を踏み入れた事実を示しており、結果論からすれば、この時の体験こそ彼にとって思想（政治）の青春の終幕と新たな人生の旅立ちを予示するものであったと言えよう。彼の年譜によれば「最初の大陸行」について、時あたかも上海事変下で中国人労働者が港湾荷役を拒否したことのために、いわばスト破りの使命を担い玉井組の若親分として中国に渡ったことが明らかにされている。思えば、これよりほんの数ヶ月前までは北九州地方における労働運動・プロレタリア文化運動の指導的活動家だった火野がいかなる心持ちをもってスト破りに出かけたのか、あるいは、そのことの直接のきっかけとなった満州事変・上海事変に対する彼の態度について、この時の体験をもとに書かれている作品『魔の河』から窺うことはできない。たとえば満州事変は彼が三菱炭積機建設反対を掲げて洞海湾で前代未聞の四日間にわたるゼネストを打ち抜いた二十日後に勃発しており、しかも、彼が政治路線として受け入れていた党派＝日本共産党は全国労農大衆党と共に、この事変の基本的な性格を日本帝国主義による中国侵略戦争として的確に位置づけ、これに反対する運動を構築しつつあったというのに……。

辻昌介の部下として一緒に中国に渡り、かの地で抗日戦線に投じた加村義夫が昌介あての手紙を届けたくだりが『魔の河』でつぎのように記されている。――辻組はお国のためなどと、おだてられて上海に出動したが、それは単にM財閥に騙られたばかりでなく、プロレタリアートの兄弟としての支那人苦力を裏切るものだ。苦力がストライキをすれば同情ストをおこない、M財閥と日本帝国主義者と闘うのが辻組の役目ではないのか――。

つい半年前に自分が指導した港湾ストとは丸っきり攻守ところをかえての大陸行について、彼自身の内部世界でどのような〈合理化〉がなされたものか。さきにも述べたごとく、この作品では言及がみられないので分明ではないけれども、しかし、いずれにしろ過去数年にわたる左翼運動の体験をもつ昌介（火野）にしてみれば、加村が彼にあてた文面に対する内容的な理解も充分すぎるくらいにあったとするのが、それ以後の生活を模索するに際して、転向以前の影を陰に陽に背負い込むことで現実問題として悪戦苦闘を強いられるか、あるいは、あからさまに開き直るかという、いずれかの道を選んだのに比して火野の場合、くり返すが思想というものを体外的な異物としてとらえていたということもあって、以後の生活から、いま述べたふたつの道の翳りは認められない。さらに付言しておけば、たとえば今次の十五年戦争に際して近代的な教養人と目されていた多くの人びとが没論理的な風潮に組み込まれていった事情を説明する言葉として「本掛がえり」「祖先がえり的な退化」（吉本隆明

『高村光太郎』）といった表現がある。思うに、このような説明を可能なものとするためには、当然、その前段における熱狂ぶり、姿態転換に際してのドラスチックさ、あるいは、そうであったがゆえの凄い内面的な葛藤、そうしたものが析出されねばならぬはずなのだが、火野についていて言えば、すでにみてきたように、このような軌跡を見出すことはできない。そして、この点が思想運動の領域から離れ、文学の世界に戻る際に自裁＝転向意識が認められないという彼一流のあり様と絡むわけだが、わたくしは火野の、ここらあたりを説明する立言として、全身で思想的忠誠という状態にひたりきった後の転向とは言い難く、自己の気質的な世界への回帰だとする田中艸太郎の指摘（『火野葦平論』）が的を射ていると思う。火野が「大切なのは良心であり誠実だ」と述べる時、ここに、わたくしは彼の「気質的な世界」の一端をみるわけだが、ここから得ることのできる彼の理想主義的な傾向にしたところで西欧型の理想主義者のように思索を通してモラルを確立し、それに即して自己の生を律するというタイプからは遠いのだ。誤謬があろうと、矛盾を示そうと、ひたすら良心的に誠実に生きることこそ有意味だとする火野の気質的な世界について、古谷綱武は、かつて「惰性の自然な流露のなかに生きるよろこびの方に、身を任すエピキュリアン」（「火野葦平論」・『中央公論』一九三九・七）と評したが、考えてみれば、このような情緒的傾向を強くもった火野が、いっ時の思想体験をなんら気にとめることもなく以後を生きたということは、もとより自然なことであったかもしれない。

第二章　『魔の河』小論

〈悲劇の共感〉の成立をめぐって

火野葦平の文学世界を構成している体験のうちでも、彼の中国体験が、その重要な原基的位置を占めることは、いまさら多言を要しないところと思われる。

火野は一生のうちに遭遇した時々の中国体験を、いくつかの作品として、それぞれに結実させている。石炭仲仕として、はじめて中国に渡った時の体験を作品化したものに、小稿でとりあげようとする『魔の河』があり、皇軍兵士として中国大陸に足を踏み入れた際の体験は、なにはさておき「兵隊三部作」に、そして、戦後、自由な旅行者のひとりとして新中国を訪れた際の体験は『赤い国の旅人』というように。

ところで、このような火野の他民族体験としての中国体験のうちで、最も早い時期の体験をもとにして書かれた『魔の河』は、当初『群像』一九五七年九月号に発表されたものだが、作者自身の意を満たすことすくなく、さらに推敲を重ねて、「ほとんど新たに書きなおしたといってよいほど、不充分の点を補い、まず納得の行くところまで改稿し」、同年十月に光文社より上梓されたものである。

火野が自分のうみ出した作品に感慨を託するタイプの作家であることは、数多い彼の著書の末尾に書き加えられた「あとがき」に見られる通りだが、この『魔の河』にも、作品に寄せる彼の愛着と感慨を披瀝した「あとがき」が添えられている。

その「あとがき」で彼は、この作品のもととなった体験を作品化するのに要した四半世紀という歳月をふりかえり次のように述べている。

「この作品のテーマは二十年以上も前から書きたかったものである。昭和七年、上海事変の出来事であるから今から四半世紀も前のことだが、いろいろな事情から、ようやく今ごろ書くことになった。ひょっとしたら時期がよかったかも知れない。戦争中には到底書けないし、無理にかけばひどい歪曲を行わねばならなかっただろう」と。

火野のいう「いろいろな事情」が、いったい、どのような事情であるか、今となっては彼が『麦と兵隊』などの従軍記を書く際に軍当局より指示されたという六項目の制約事項[註1]からも容易に推察することができる。それにしても作者にとって、書かれた「時期」が良かった、といわしめる、そのことによって、現在の時点から、この作品にアプローチしようとするわれわれにしてみれば、この作品のモティーフについての〈事後の心理〉の侵入度が、たえず気になることを率直に表明しておきたい。[註2] すなわち体験から執筆にいたる、その間に戦前、戦後社会の価値体系を截然と分ける転換点としての〈八・一五〉の存在を想起する時、『魔の河』評価という点で、私はいまひとつこみ入ったものを覚えるのであるが、この作品に即して読みわけを必要とするモティーフ(悲劇の共感)の具体的な検討は後段でなすことにして、ここでは一般論として、語られた事実は、そのように語りたい作者の願望によって染あげられがちなものだという原則についての注意を喚起するにとどめ、話を先にすすめることにする。

さて、以下において私は広漠な中国大陸における火野の長い、そして不幸な戦争体験の序章ともいうべき、「最初の大陸行」(自筆年譜)を題材とした『魔の河』を手がかりにしながら、彼の中国体験・中国認識の一端を明らかにしたいと思う。もっと端的にいって、私の問題意識は「火野葦平にとって、果して上海事変とは、なにであったのか。彼はこの戦争になにを見たのか、なにを見なかったのか」という上野英信の発言(註3)とオーバーラップしているのである。

もっとも彼の中国体験・中国認識をグローバルに理解するためには、最低限、冒頭に示した作品系列を仔細に検討しなければならないだろうが、そして、その作業は、すでに竹内実の『日本人にとっての中国像』(春秋社刊)に収録されている諸論稿で充分に果されているとも思われるのだが、まずは私なりのイメージを得るための中間的な学習の結果として、この小稿を位置づけておく次第である。

註

(1) 中支派遣軍報道班長馬淵中佐を通して指示された経緯を火野は戦後になって明らかにしたが、それによれば彼が従軍記を書くにあたっての制限は、次のようなものであった。

一、日本軍が負けていることを書いてはならない。

二、戦争に必然的に伴う罪悪行為に触れてはならない。
三、敵は憎々しくいやらしく書かねばならない。
四、作戦の全貌を書いてはならない。
五、部隊の編成と部隊名を書いてはならない。
六、軍人の人間としての表現を許さない。

（2）この点について開高健は「価値観や主義が完全に逆転して身辺に渦巻き、大小無数の微細な塵となってたちこめているさなかにあって過去を現在と感じつづけていくには容易でない情熱や、記憶力や、何よりも胆力を必要とする」と述べている（毎日新聞社刊『戦争文学全集　第四巻』「解説」）。

（3）『天皇陛下万歳』（筑摩書房刊）

＊

火野は最初の大陸行をした時の事情について年譜の中で「（一九三二年――今村）一月、上海事変勃発、苦力がストライキをしたため、玉井組は五十人の仲仕とともに、私は石炭二五六四トンを積んだ三井物産の高見山丸に乗って行った」（創元社刊『火野葦平選集　第八巻』）と述べているように、上海事変下での中国人労働者のストライキ破りが仲仕小頭玉井組（作中は辻組）一行に課せられた任務であった。（註4）火野は、この時の石炭仲仕一行を異教徒から聖地エルサレムを奪還するために編成された十字軍になぞらえて、「石炭仲仕十字軍」となかば自嘲的に名づけている。

ところで、私が、ここでまず言及しておきたいと思うことは、その当時の彼が体験しつつあった主体的な状況と、最初の大陸行に際して課せられた任務の関係についてである。
すなわち、火野は最初の大陸行をはたす前年、年譜によれば一九三一（昭和六）年三月五日、二十五歳の時に若松市（現在の北九州市若松区）の極楽寺で若松湾沖仲仕労働組合を結成し、その書記長となっている。組合結成と同時に三菱積機建設反対大会を開き三井・三菱・麻生・住友らを中心とする石炭商組合に対して、石炭荷役機械化による仲仕失業救済資金要求闘争を展開した。結局この闘争は同年八月二十三日ゼネスト敢行にまで至り、洞海湾の荷役作業を四日間にわたってマヒさせたのであったが、この闘争を指導した火野らの組合は日本共産党の影響下にあった全協（日本労働組合全国協議会）との間にパイプを持っていた。さらに火野は、このように北九州における労働運動の若き活動家であったのみならず、北九州プロレタリア芸術連盟を結成して『左翼劇場』の公演を企画するなど、プロレタリア文化運動の面でも中心的な存在であった。(註5)
最初の大陸行をする、つい半年前まで、いま述べたような「地方のプロレタリア文学青年として、これ以上典型的な人物を探すのはむずかしい」(註6)ほどの経歴をもつ左翼活動家であった火野葦平（作中では辻昌介）が、いかに「前年のストライキのころから日本共産党とコミュニズムとに疑惑を抱きはじめていた」（年譜）とはいえ、彼は何の抵抗や苦悩も覚えることなく、中国人労働者のスト破りのために父金五郎（作中では安太郎）を助けて上海へ渡ったのであろうか。そもそも彼が日本共産党やコミュニズムに抱いたという「疑惑」が、いったいどのようなものであったのか、『魔の河』ではもちろんのこと、彼の青年期における社会主義体験を刻明に描いてみせた『青春の岐路』からも、それをうかがうことはできないし、また彼が前歴として持っている左翼体験と異民族のスト破りに出かけることとが彼自身の内部世界で、どのような説明づけでもって完了していたものかを知ることもできないのである。

辻昌介の部下として一緒に上海に渡った加村義夫は抗日戦線に身を投じ、彼あての手紙の中で、辻組はお国のためなどとおだてられて上海に出動したが、それは単にM財閥に騙されたばかりでなく、プロレタリアートの兄弟としての支那人苦力を裏切るものだ。苦力がストライキをすれば同情ストをおこない、M財閥と日本帝国主義者と闘うのが辻組の役目ではないのか……と訴えた。

これに対して昌介は、ただ「巨大なためいき」をつき、「人間というものはまったく不可解至極だ。毎日いっしょに暮らしていながら、誰がなにを考え、どんな思想を持っているか、まるでわからない」と嘆じているだけであり、別段、自他に対する掘りさげた省察がみられるわけではない。また加村が身を投じたところの抗日戦線という形で表出している中国民衆の民族運動について、昌介がどのような理解を示していたのかを知る手がかりは与えられていない。もともと、その前歴からして加村の訴えが昌介(火野)のものであったとしても、すこしも不思議なことではないはずだが、『魔の河』で火野が昌介に託した思考の跡を追ってみても、要するに、つい先頃まで左翼運動の地域における中心的な活動家であった者として、中国人労働者のスト破りに出向くことの苦衷は認められないのである。

なぜ、なんの抵抗もなく、このような行動のパターンが可能であったのだろうか。もちろん、そこに火野自身の思想転換（転向）という彼自身の主体的な問題が介在していることは指摘するまでもないだろう。と同時に、それは彼がすくなからず関わりをもった昭和初期におけるプロレタリア（文学）運動の思想水準からの説明を可能にするという側面をもっている。ここでは、ひとまず後者の側面から若干の言及をしておきたいと思う。

飛鳥井雅道は「民族主義と社会主義――火野葦平のばあい」で昭和初期のプロレタリア文学（運動）がもっていた質的な特徴として、一にも二にも国内の階級的テーマのみが優先しており、「プロレタリア文学が崩壊し、前衛党がその機能を失い、あらゆる左翼的立場が一掃された頃起った日中戦争は、その参加者ひとりひとりをまったく階級の支えなしに民族問題の渦中に投げ込んだ」と述べている。飛鳥井が言う「質的な特徴」を火野の場合に当てはめてみるならば、彼が「最初の大陸行」前に、仲仕組合を結成して大資本・三菱と対峙して反合理化闘争を展開した経験は、まさに国内における階級関係にもとづくものであったろう。さらに彼が上海に渡った一九三二年という時点は、すでに三・一五、四・一六の大弾圧の後であり日本の「あらゆる左翼的立場は一掃された」状況下におかれていたということもあって、文字通り「階級の支えなしに民族問題の渦中に投げ込」まれたということが、火野をして民族問題を階級的にとらえる視点を獲得できなかった社会的背景をなしているものと思われる。（註7）

以上、異民族のスト破りに――しかも上海事変のまっただ中である――出かけることに何の疑問も覚えない火野の行動パターンについて、飛鳥井の言説に示唆を得ながら昭和初期のプロレタリア文学運動がもっていた思想性を通しての解読が可能な点を指摘したが、もちろん、先にも述べたように大状況からの説明だけでは不充分なのであり、火野自身の左翼体験の内実にわけ入って、思想としての社会主義＝マルクス主義が彼の内で、どのように血肉化していたのかという点の検討が不可欠であることは言うまでもない。この点については『青春の岐路』を中心に別稿を用意しつつあるので、当面、深追いは避けるけれども、ただ彼の左翼体験を支えたものが「弁証法でも、唯物史観でもなく、別次元の情熱であり、生命力であり、精神の氾濫と昂揚だった」（田中艸太郎『火野葦平論』五月書房刊）ということだけはおさえておいた方がよいだろう。

註

（4）なお、その際に玉井組に属する朝鮮人仲仕を上海派遣の人選から除外するように、官憲が注意深く指示した事実は、帝国主義者が鋭敏にも民族間の矛盾に対して深い危惧をもっていたことを示している。

（5）火野は同志らと語らって北九州プロレタリア芸術連盟の機関紙『同志』を発刊したが、毎号発禁処分を受け、三号でつぶれた。

（6）飛鳥井雅道「民族主義と社会主義——火野葦平のばあい」（桑原武夫編『文学理論の研究』所収・岩波書店刊）

（7）火野にあって民族問題を階級的に理解する視点の欠落を認識したうえで、国内の階級問題が上海で実際に荷役作業に従事してからも持ち込まれている事実を指摘しておく。すなわち「資本家は国家の急を表看板にして仲仕たちの愛国心を煽りたて、賃銀や待遇についてはなにひとつ定めていない」状態で若松港を出港し、仲仕たちの賃上げを辻組の父子で当面の「資本家」M財閥に要求したところ、なかなか彼らの要求を受け入れようとはせず、昌介の父・安太郎をして「資本家ちゅうのは血も涙もないのう」、「お国のためが聞いてあきれる」という痛憤の言葉を吐かしめているくだりがそうである。

＊

さて『魔の河』体験を通して火野が具体的に出会った中国民衆は、おもに中国人苦力であったわけだが、彼らの変化にとぼしい表情の意味が定かにつかみ得ないことからするいらだちを、火野は彼らの表情そのものの丹念な描写とともにくり返し述べている。彼の眼に写った中国人苦力の表情は、どのようなものであったろうか。「その眼の光や顔の表情は一種不可解に近い放膽さを示していた。無表情というよりも、もっと茫洋とした不気味なものだ。眼はかがやきをうしなっているのに、生々しさにあふれ、どんよりした暗い瞳の奥にどぎついなにかの澱みが感じられた。日本から来たストライキ破りを見ているのに、憎悪とか復讐とかいうよりも好奇と疑いと哀願とがいっしょになったような、とらえどころのない表情だった。虐げられつくした者のみがあらわす卑屈さもあった。無知とか、平板とか、暗愚ともちがっていた」。

火野がみてとった中国人苦力の、このような表情は、金子光晴も、またみてとったところのものであった。引用がたてつづけにつづく点、読者の寛容を得たいと思うが、金子は次のように書きつけている。「鈍重なその苦力の表情をちらりとのぞきこんでみても、大きな図体で、無抵抗以外のどんな感情もみつからなかった。白河の濁った水のようなもので、その底にしずんでいるものを識別するのは困難であろうか(註8)」と。

このような中国人苦力の表情描写は『魔の河』のあちこちに散見される通りであるが、それが日本人が中国人に対して、現在も払拭されたとは言い難い形で残っている民族的な侮蔑感によって裏打ちされたものでないことは作者の名誉のためにも明らかにしておかなければなるまい。上海事変下の抗日運動を目のあたりにみて、ことさらにナショナリスティックな心情をかき立てられているというふうでもないのだが、さればと言って中里介山がみてとったような人間的な共感や感動があるわけではないのである。火野は、ただつかみどころのない彼らの表情に考え込み、「この冷やかな人間の壁に空恐ろしさを感じ」るばかりであった。

ところで私は、いま唐突に中里介山を引き合いに出したが、彼は火野の『魔の河』体験と時期をほぼ同じくして、正確に言えば〈事変〉勃発の直前に約一ヵ月にわたって中国大陸を旅行し、かの地の悲惨な現実の中に、一方でビクともしない民衆の潜在的な活力に強く心を打たれたのであった。上海でみた人力車夫の印象について、介山は次のように書きとめている。「五十余国とかの異人種を集めているという世界の大上海に往来する幾多の新鋭な交通機関も、紳士も淑女も、この自然野生のままに躍動する支那の車夫に比べれば全く影が薄いのです。私は実に上海は英国の上海でもなければ世界の上海でも無い、たしかに支那の車夫の上海であると直観せずには居られませんでした。恐らく支那の実業的活力は、上海の表われざるところには、これに準ずる根を据えているものがあるに相違ないと思いました」(註9)。もっとも、このようにせっかく中国民衆の生活の悲惨さの中に、彼らのたくましさをみてとり、そこに中国の事実の姿を洞察し得た介山も〈事変〉の勃発を契機として、日本軍の武力侵略を「それ以外に方策なし」と受け入れ、「日本の国力の発動は少しも無理の無い処」としたうえで抗日の動きについては中国の国家主義的な排外思想だときめつけるところまで突き進んでしまうのであったが。

一方、火野について言うならば、すでにくり返し述べているように、彼は苦力たちの表情にとまどいをみせるばかりであり、中国の将来やそれに対する日本の対応、あるいは潜在的な彼らのエネルギー（その表象としての抗日運動）が中国民族の将来を打開する力にまで発展する可能性といったものについて思いをめぐらすことは彼の視野にはなかったかのようである。もしも、彼が、この『魔の河』体験の段階で過去に従事した左翼運動において持ち得たはずの認識の数々を呼びさまして「冷やかな人間の壁に空恐ろしさを感じ」たという、他人顔をしたクールな人間観察の地点にとどまることなく、他国の、とりわけ日本帝国主義が侵略する当の相手国のナショナリズムに対する共感や同情をもって、いますこし掘り下げた認識地点に到達していたならば、のちにみるような対中国（人）認識のくもりが、いくらかでも回避されたにちがいないのである。

註

（8）「没法子」（『中央公論』一九三八年二月号）
中国人苦力の表情について火野と金子のみてとったところが同じであったとは言え、時局認識を通しての対日本人・対中国人把握については、その深さ、鋭さという点で火野は金子の相手たり得ない。

（9）『日本の一平民として支那及支那国民に与ふる書』（春陽堂刊）

＊

『魔の河』ではM物産の貯炭場現場主任で歴史好きの関口菊夫が語る歴史観を肯定的に提示することによって、火野自身の戦争というものに対する考えを披瀝することが大きなモティーフになっている。すなわち関口菊夫の歴史観は「書かれた歴史というものは表面だけの現象を追いすぎて、虚偽になるんですね。歴史の真実は間道にあるんだ。人間の羞恥と虚栄心と時間とのために消されてしまった部分が大切なんですね」ということにつきる。火野の分身、昌介は関口その人に対しては激しい人間的な不信を抱きつづけるけれども、彼が言うところの歴史観には強く心をひかれるのだった。というのも昌介自身が上海での荷役作業に従事する中で「歴史の間道の密航者[註10]」として「消されてしまった部分」を目のあたりにみたという体験を持っているからだ。

昌介が体験した、その衝撃的なできごとというのは、ほぼ次のようなことである。

唐辻組のM洋行に対する賃上げ要求がままならず、しかたなく石炭荷役をやっていると、唐突に臨時作業命令がでる。それは大抵の場合、深夜である。「否応なくトラックに乗せられ、憲兵の指揮のもとに、どこかわからぬ江岸へつれて行かれる。一隻の駆逐艦が横づけになって居り、明りはほとんど消されている。その暗黒のなかで、人間の屍体を駆逐艦の舷門から積みこまされた。屍体は幾十あるかわからない。百以上あったかも知れない。敵の兵隊ではなく土民らしかった。憲兵隊は便衣隊だというけれども、軍人らしい者は少く農民か土民のように見うけられた」

昌介は直観的に、この屍体を揚子江の本流に流すのにちがいないと思った。「一人や二人なら黄浦江に投げこんでもわからないが、十数百という屍体は問題になる。黄浦江上には、日本を監視している各国の艦船がいる。夜間、駆逐艦に積んで、揚子江の本流に運んで流せば、秘密裡に処理できる」からである。

このように息も止まるかと思われるような〈作業〉を通して、昌介は、あらためて国家とは何かということを深刻に考えさせられるのだった。昌介たちは「お国のために」と勢いこんで若松港を出発したのであるが、誰ひとりとして思ってもみなかった凄惨な〈作業〉に直面して、鳴り物入りで戦争が行なわれ、「お国のために」という美名のもとで花やかな歴史が書かれている時、常に闇から闇へと葬られているものがあることを知り、昌介は漠然とながら国家に対する疑惑をもつのであり、その疑惑は次のような自問となって出てくる。「堅確な姿勢で指揮している憲兵は人間であろうか。(中略)自分はいま自分の前にいるちんちくりんの横柄な憲兵伍長のために働いているのではない。憲兵の背後にある国家の命令のためだ。憲兵という個人がそのまま国家の幻影を背負っているのだ。(中略)さすれば春秋の筆法ではないが、この罪悪をおかしているものは国家ということになる。国家は罪悪をかさねねば生きて行かれない組織体か」と。鋭い矛盾のはざまで混乱と昏迷におち入りながら、昌介が自らに向かって発する問いの数々は、歴史の間道で垣間見た衝撃的なできごとを、どのように説明すれば、それは納得し得るのかという、いわば自己説得を可能ならしめる合理的根拠を見出すための苦悩にほかならなかったのである。さらには、この苦悩の果てに「そんなら十九路軍や中国民衆にも民族の誇りがあるはずだ。誇りと誇りの衝突。それは絶対に避けることの出来ない宿命であろうか。押したおすことのできない歴史の意志であろうか」と絶望的なかにも、なお問いを発するのであった。

救い難い個の無力感に打ちひしがれながらも、〈歴史の意志〉を持ち出すことによって昌介は自らを支えようとするわけであるが、たしかに昌介（火野）の場合、歴史意志へのにじり寄り[註11]をみせることによって、究極的には混乱のきわみから抜け出すための自己説得の梃子としたのであった。

そして、そこから引き出されたのが、歴史意志に否応なく「巻き込まれる側の人間」（小田実）という点で同列に位置するものとしての中国民衆（苦力）と日本兵・仲仕との間には〈悲劇の共感〉が成立するのだという重大な認識であった。

では、このような視点を得るに至るプロセスは、いったい、どのようなものであったのだろうか。次に、その点について言及しておく。

「国家の幻影を背負っている」兵隊たちが、第一線陣地の散兵壕の冷たい泥沼で重なりあい、むさぼるように眠っている姿をみて昌介はしばしば感慨に打たれた[註12]。花々しい戦況ばかりを聞いていた時とは、まったくちがった兵隊たちの姿が、そこにあったからである。そして、この眠りこけている無惨な兵隊たちの姿を見つめる昌介の眼には、ありありと中国人苦力たちの姿が浮かんでくるのだった。青竹一本をもって竹矢来の外にならんでいた、よごれくさった中国人苦力の群と、鉄砲一挺を胸に抱いている泥だらけの兵隊との間に昌介はダブル・イメージを見てとったのである。もっとも、このダブル・イメージは昏迷のきわみにあった昌介が探し求めていた〈状況〉を納得させるための根拠たり得ず、かえって「兵隊と苦力と仲仕との奇妙な類似」による「異様な昏迷」は、剽軽な上等兵によって演出された「敵兵同志の不思議なページェント」をみるにおよんで、いよいよ何もわからなくなるという具合であった。

上等兵によって演出された光景とは、こうである。――辻組一行を歓迎するために、上等兵が「支那兵を見せてあげまっしょうか」と言うと、銃を置き、散兵壕の土を乗り越えて十九路軍の陣地の方へ歩いて行った、そして煙草を一本抜き出し口にくわえて、マッチを貸してほしいというジェスチュアで中国兵を誘い出し、煙草の火をつけあい、ニコニコしながら、ペコペコ頭をさげあって長い握手をする――

この奇妙な光景を、昌介は涙のにじむ思いでみながら、次のような感慨をもつのだった。「日夜殺しあいをしている敵味方の兵隊が、四時間の休戦によって、憎悪をこんなにもきれいに捨て去り得るというのはどういうことであろうか。いや兵隊たちには憎悪などはないのかも知れない。国と国との争いのために、なんの恩怨もない人間同志が殺しあいしなければならない。むしろ、その悲劇の共感の方が強いのであろう」(傍点は今村)。すなわち、ここにおいて歴史意志に翻弄されるほかはない、国境を越えた民衆相互の〈悲劇の共感〉を火野なりに認識したというわけである。

このように国境を越えて民衆は常に被害者であり、巨大で狂暴な歴史意志によって愚弄され、踏みにじられるだけの矮小な存在だとするモティーフを持った作品が「戦争中には到底書けない」のは、(註1)で示した軍の執筆制限を想起するまでもなく、当たり前の話であったろう。ただ、このような作品が社会的に存在することを許されなかった、ということと、『魔の河』のライト・モティーフとも言うべき〈悲劇の共感〉という視点を火野が、いつ獲得したのであろうか、ということは一応別個の問題として議論することはできるのである。次節において、すこしこの点を検討してみたいと思う。

註

(10) (註3)前掲書

(11) 松本健一「歴史意志への抵抗とロマン――火野葦平と加藤泰における『花と龍』の転位について」(『映画批評』一九七三年五月号)

(12) なお、この点については佐藤勝が『麦と兵隊』五月十三日の叙述を通して火野の美意識を抉っている。すなわち佐藤によれば、作者の感動を誘い出したのは兵士の眠っている姿そのものではなく、「限りなく愛しい」という感情が流露する契機となったものは月光であり螢の光なのであり、それゆえ「月光の中に眠る兵士の姿」が「愛しいものに感じられ」るというわけだ。そして、そこから佐藤は火野の美意識が意外と伝統的抒情に近しく、また、そのような抒情という条件が介在することによって「眠る兵士の姿」を「愛し」く思う所に傍観者としての視点を把握することができると鋭く指摘している。
火野の兵士に対する感動の質が伝統的抒情と隣接した美意識の構造と傍観者的視点を内包するものであるところから、それは決して極限状況にあって、はじめて鋭く作者の内と外を照らす性質のものではなかったとする佐藤の指摘は、きわめて示唆的である。佐藤勝「〈麦と兵隊〉における火野葦平——危機における美意識」(『国文学』一九七〇年六月号)

＊

火野が「兵隊と苦力と仲仕との奇妙な類似」を通して〈悲劇の共感〉に到達するプロセスについては前節で見た通りだが、端的に言って、私は、このモティーフが八・一五以前に得られたものではなく、敗戦というドラマチックな歴史の転換をくぐり抜けた時点で、はじめて獲得することのできた〈後知恵〉ではなかったかと思うのである。

兵隊と仲仕との間には、当然のこととしてナショナルな連帯意識が働くであろうから、容易に〈悲劇の共感〉が成立することはまちがいないとしても、後段でみるように『魔の河』(体験)から「兵隊三部作」(体験)にみられる中国人像の結び方の微妙な変化を通して、八・一五以前に中国人苦力と日本人兵士・仲仕との間で〈悲劇の共感〉が成立したと理解することは、かなり困難なようである。

すでにふれたごとく、たしかに火野は『魔の河』で中国人苦力の生活に思いを馳せているのも事実であり、また彼らの表情をかなり丹念に追ってもいる。また前にも指摘したごとく、上海事変の最中とはいえ排外主義的な心情からする露骨な敵意識の芽生えは読みとれないし、さらに日本人が対中国人にもっている侮蔑感にしても、関口菊夫の中国人苦力に対する応対ぶりを激しく嫌悪していることからもわかるように、彼の人間的なものに対する、それなりの執着は、この作品からうかがうことができる。彼が〈皇軍兵士〉としてではなく仲仕として出向いたこと、最初の大陸行直前まで左翼運動に従事しており、その余韻を何らかの形でとどめていたであろうこと、上海事変下の戦況が、いまだ日本側に有利に展開していたこと、などの諸要因を考慮に入れるならば、このような、おだやかで、かつヒューマンな感覚が、そのままに『魔の河』体験段階のものであったろうことは、ほぼまちがいないことだと思う。

火野の昭和十年代における作家活動を見事に解析してみせた中野重治氏の「人間らしい心と非人間的な戦争の現実とを、何とかして調和させたいという作者の心持ちによってつらぬかれて」(「第二世界戦におけるわが文学」より)いたとする言説は、昭和七年という時点での『魔の河』体験にみられる、いましがたふれたような火野の主体的な状況をも含み込む形でなされた評価として受けとめることができそうである。

ただ、そうは言っても仔細に検討するならば、『魔の河』体験の段階では中国人に対する優越意識や敵意識がみられないのに比して、「兵隊三部作」になると、かなり明確な形で彼らを憎悪の対象としてみる〝眼〟が火野の内部に、支配的ではないにしても醸成されてくるのであり、このことは彼が「非人間的な戦争の現実」に一歩一歩押し負けて行っていることを示している。このような視点のくもりが、彼をとりまく風向きの変化という外在的な要因によって引き起されたという側面を持つのも事実だが、とりわけ、その主たる原因は、なんといっても彼が状況の支配的イデオロギーをひとつの運命として受容することを通して、昏迷地獄から抜け出すべく歩み始めたことによって用意されたものであると言わなければならない。そして、この方向が〈悲劇の共感〉に到達する方向とは全く相反するものであることは明らかであった。この点を、以下で敷衍して述べるとしよう。

　たしかに『麦と兵隊』の末尾は中国人兵隊が斬殺される場面を描き、そして「私は眼を反した。私は悪魔になってはいなかった。私はそれを知り、深く安堵した」という有名な言葉で結ばれており、そのことによって火野は自らの人間性というものを、いまだに喪失していないことにホッとするのだった。たしかに、彼のヒューマニティは戦争という非人間的な環境の中であればこそ、貴重な意味をもつものではあったろうが、しかし、このことをもって、すでに八・一五以前に火野が中国人苦力と日本人兵隊・仲仕との間に、三者の悲劇を重ね合わせる視点を獲得していたとするならば、それは早計のそしりをまぬがれないだろう。なぜならば、「三部作」を良く読めばわかることなのだが、彼は、あの時点で国家の歴史と個人の歴史を、あるいは国家価値と人間的価値を峻別することについての思考と論理をわがものとしていたとは言えないからである。このことを示す引用は、いくつも容易にできるが、ここでは次の個所を想起してほしいと思う。つまり『土と兵隊』に、「中国国恥図という侵略されたという区画図があり、満洲国は全然自国の領土のごとく書いてあった」(傍点は今村)と書いて別段落ち着きの悪さをみせないくだりがある。これなど彼の思考の中に国家の論理が巣喰っていることを如実に示しているものと言えよう。つまり、この段階では、彼がひとりの庶民の歴史と国家の歴史を弁別していないことが明らかである。なお、この点については火野の作品の中で中国人像が、どのような結ばれ方をしているかという視点からのアプローチが、最も鮮明な光を投げかけてくれるように思われるので、以下、そのような視点から論及する。

火野の中国（人）に対する思考は、かいつまんで言ってしまえば、「中国でみた土の生活に無思想の生活者を発見し、自分の〈高遠な思想〉をそれに対立させるが、しかし日常的生活の場では隣人的な親近感を感じ、ついでそれが憎悪に転ずる」(註13)という筋道を辿っているようだ。

火野は、まず中国人の土の生活に対する率直な感嘆を次のように述べている。「一家の繁栄と麦の収穫とより外には彼等には、何の思想も政治も国家すらも無意味なのだろう。戦争すらも彼等には、ただ農作物を荒らす蝗か、洪水か、旱魃と同様に一つの災難にすぎない。戦争は風のごとく通過する。すると彼等は何事も無かったように、ただ、ぶつぶつと呟きながら、ふたたび、その土の生活を続行するに相違ない」と。このフレーズからすれば、一見して〈悲劇の共感〉が成立する方向性を示しているかのようにみえるけれども、しかし注意すべきは「彼等には何の思想も政治も国家すらも無意味」と火野が言う時、火野自身は、すでに自らを〈高遠な思想〉の意味を見出した「陛下の赤子」として、中国民衆に対し優越的な立場に位置づけている点である。

すなわち、火野が中国民衆に対して隣人としての親近感をもつのは、〈高遠な思想〉の所有者としてのものではなく、それは単なる日常的な次元にまで降りてきた時に抱くところの、いわば生活者としての感情であった。すなわち火野は次のようにも述べている。「我々と彼等とは同文同種であるとか、同じ血を受けた亜細亜民族であるとかいうような、高遠な思想とは全く離れて、眼前に仇敵として殺戮し合っている敵の兵隊が、どうも我々とよく似て居て、隣人のような感がある」と(傍点は今村)。

このことは〈高遠な思想〉が日常的なレベルでの感情までも縛る、思想としての有効性に欠けるものであることを示しているわけだが、ここにみられるような二分法的な思考は火野のみならず、日本の兵隊のもっていた思想とか国家とか戦争のイメージが、一方的に支配者から与えられたままで、兵隊の生活の場から内発的ににじみ出る思想感情と交流しあうものではなかったという点を私は竹内実とともに指摘しないわけにはいかない。このような事情であったから、「私は戦争中は祖国と天皇陛下とのために生命を捨てることを実感として戦って来た」(『赤い国の旅人』)というほどに忠誠心の厚い火野のような兵隊は、きっかけさえ与えられれば、〈高遠な思想〉を体現してふるまうことに、たやすく踏み切ることができたのである。

いったん、踏み切ってしまえば、無思想の生活者という点で覚えた中国民衆に対する親近感は一転して、先ほど述べた優越意識に転ずるのであり、「如何にしても理解できない一切の政治から、理論から、戦争から、さんざんに打ちのめされ叩き壊され」た「はがゆき愚昧の民族共」ということを、それはそれで本気で考えるのであった。〈高遠な思想〉の所有者が「はがゆき愚昧の民族共」に対して抱く感情の流露は、最早、次のようなものでしかあり得ないのである。「我々の同胞をかくまで苦しめ、かつ私の生命を脅かしている支那兵に対し、劇しい憎悪に馳られた。私は兵隊とともに突入し、敵兵を私の手で撃ち、斬ってやりたいと思った。私は祖国という言葉が熱いもののように胸一ぱいに拡がってくるのを感じた」。

火野の視角の中で揺れ動いてきた中国民衆は、ここにおいて、ようやく安定的な像を結ぶことができたのであった。

これまでの叙述を通して八・一五以前における火野の自己説得の大筋が次のごときものであることが確認できたと思う。すなわち日常的な感情のレベルでは敵兵にすら隣人としての親近感をおぼえても、いったん火野を含めて日本の兵隊が生命を脅かされる危機的な状況に立ち至ると、〈祖国〉と、それが持っている〈高遠な思想〉を後盾に、ただやみくもに敵兵に対する憎悪をたぎらせる――そのような形で火野の対中国人認識はふりむけられているのである。

たしかに「兵隊三部作」は雄大な構想を持った、いわゆる事変小説風ではなく、作者自身も述べているように「面白くもなく、凡庸の言葉を以て列ね、地味で平板で退屈な従軍日記」はファナティックに戦意を煽ることを、その内容的主題とするものではない。その叙述の大半は兵隊の足のマメや糞の色や寝床の蚤など、兵隊生活の微細な部分であり、また人の親として故郷を想う多情多感な涙や、中国人に対する隣人的観察などによって占められており、戦争という荒廃の中で、できるだけ人間を写し出そうとつとめている。火野の作品が庶民的ヒューマニズムと称される所以はそこにあったのであり、火野の、この素朴な人間を共感的に描き出す姿勢こそが、まさに「一般国民の胸に直接響いて」広汎な感動を呼びおこしたのであった。

しかしながら、先にも述べたように〈高遠な思想〉と日常的レベルでの感情との間に、相互交流の回路を持たなかった火野にあっては、日常生活的思考の重要な接続点に立ち至ると、文字通り突如として「祖国という言葉が熱いもののように胸一ぱいに拡がってくる」のが常であり、火野の、このような日常的・観念的な思想循環の総体こそが、私は戦前・天皇制イデオロギーを底辺部において支える一態様であったと思う。かかる私見からすれば、たとえば『麦と兵隊』で家族の写真を高橋少佐や中山参謀に見せる場面、「こちらがお母さんだな。さうです。両親とも日本一の親父とお袋です。これが奥さんか。さうです、恋女房です、絶世の美人です。これ皆君の子供かな。さうです。みんな、天才と神童ばかりです」（五月十七日）というヤリトリから浮かび出る善良な日本庶民と、悪魔にもなり得る「東洋鬼」とを切断して二分法的に理解することはできないのであり、善良な日本庶民が、そのまま「東洋鬼」になり得た事実こそ、庶民レベルにおける天皇制イデオロギーの存在の仕方を具体的に教えている。

世評に流通している火野の「庶民的ヒューマニズム」は、かなり強引に言ってしまえば、いつでも「東洋鬼」になり得る善良な日本庶民＝〈祖国〉を実感的に共有する者にのみ発揮された、いわばカッコつきの「ヒューマニズム」であったと言うことができると思う。[註14]

自らの属する民族に対してしか発揮し得ない、火野のいびつな「ヒューマニズム」が、たとえば、どのようにひとりよがりなものとしてあらわれるか、その典型的な一節を『麦と兵隊』から引いておこう。「一つの生命をここまで育てるには筆紙に尽されぬ尊い努力が惜しみなく払われている。ここまで育てられたこの生命は、又為すべき貴重な将来を持たせられている。然も、ここに居るすべての兵隊は、人の子であるとともに、故国に妻を有する夫であり、幾人かの子を残して来て居る父ばかりである。我々の国の最も大切な人間ばかりである」。この個所にみられる、見事としか言いようのない対蹠地点（中国民衆の立場）の欠落は、当然のことながら、本来ならば文字通りヒューマニズムの中核的な位置を占めるはずの〈悲劇の共感〉という『魔の河』のライト・モティーフも、火野の場合、つまるところ〈祖国〉を共有する者の間でしか成立しないものであったことを意味している。

註

(13) 竹内実「戦争がくれた『中国』」（『日本人にとっての中国像』春秋社刊・所収）

(14) この点に関して竹内実も前掲稿で、次のように的確に指摘している。「その日常的な思考のなかでの論理は、中国にあっても日本にあったときと同じように、隣人への親しさと部下への信頼とか、あわいヒューマニズムのオブラートで包まれたものでしかなく、日本あるいは日本人の世界においてのみ一巡し完結するものでしかない」（傍点は今村）。

*

とまれ『魔の河』はテーマ的には、ひとりびとりの民衆の生が、ついには歴史という巨大な時間の中に埋没してしまうものであることを説き明かそうとするものであった。このような歴史における人為を超越した意志の存在を了解する無常観・宿命観の境地が、火野にあって八・一五のまたぎを完了した後のものであったということ、つまりは、これらの境地を披瀝した『魔の河』の枢要なモティーフ、〈悲劇の共感〉が八・一五以前に調達されていたものではなかったということを、私は彼の作品に描き出された対中国(人)認識のくもりの中から析出しようとした。かかる結論を得るに至った具体的な叙述の展開は、不充分ながら前節で試みた通りであるが、上野英信も、また、この点について言及し、いみじくも、そのモティーフが「戦争と文学者としての彼が満身創痍の果てに辿りついた、血を吐くような〈地獄〉の展望でこそあれ、**一九三二年という時点で火野の肉体に食いこんだ認識ではない**」[註15]と言い切っている(傍点は今村)。

すなわち私たちは〈悲劇の共感〉が、杭州湾からインパールまでという広大な戦闘地域に足跡を刻み、そして八年余にわたる従軍参加の経歴をもつ火野の十五年戦争を彼なりに総括した言葉であったことを確認することができた。ただ、しかし上野は「血を吐くような」と言うけれども、彼が同時代として生きた十五年戦争を、よくふりかえってみることができる時点で到達し得た認識が、ひたすら戦争の底知れぬ憎悪を呪い、運命の織りなすドラマを詠うことに尽きたということは、戦後の火野に課せられたであろうはずの戦争責任意識の自己剔抉という側面から考える場合に、いまだ、ひとつの問題を残置しているとは言えないだろうか。[註16]

この点について私の意見を開陳することは小稿の範囲をこえるので、さしひかえることにするが、火野において〈悲劇の共感〉という形で披瀝された戦争観が、一般的な意味での戦争否定・戦争批判になり得ても、帝国主義戦争としての十五年戦争が名分として持った「戦争理念」に対して何ら明確な批判視点を用意していないことだけは、最後に指摘しておきたいと思う。[註17]

註

（15）（註3）前掲書

（16）火野の戦争責任意識については、以前、不充分ながら別稿（「火野葦平と戦後の出発——戦争責任問題との関連で——」『思想の科学』一九七三年六月号）で言及したところである。

（17）たとえば『革命前後』におけるフィナーレ近く、CICの調査官に対して辻昌介は次のように述べている。火野の戦後位相を知るうえで興味深い個所である。

「私は太平洋戦争が侵略戦争なのかどうか、よくわからないのです（現在形であることに注意——今村）。少くとも、戦っている間は……全身全力を挙げて祖国の勝利のために挺身しました」。

第三章　『麦と兵隊』論のために　作品評価の一視点

一

昭和十年代の社会的夾雑物を満身に背負って登場したところの『麦と兵隊』について、若干のことを考えてみたいと思う。その際に、わたくしは『麦と兵隊』をよく浮き彫りにするための、いわば反射鏡の役割を石川達三の『生きてゐる兵隊』に求めつつ、可能なかぎり、これとの対比という形で論をすすめるつもりである。わたくしが『生きてゐる兵隊』を『麦と兵隊』論のための反射鏡として設定するのは、ともに初期・日中戦争下の日本軍兵隊の姿を題材にしたものであること、しかも、それらが同じ年に発表されたものであり、作品をものした作者の位置が一方は実戦者にして、他方は表現者という決定的なちがいこそあれ、戦争文学作品の比較分析をすすめるうえに高価のものと思われるからである。

ところで、わたくしたちは、この二作をふたつながらに考えていこうとする際に、あらかじめ次の点を思い知っておく必要がある。

そのひとつは、いまも示唆したごとく『生きてゐる兵隊』の作者の場合は、戦争に取材した小説を書くという明確な目的をもって従軍したのであるが、『麦と兵隊』の作者の場合、一兵士として直接戦闘に参加し、生死の間をくぐり抜けた激烈な体験に支えられて、とにもかくにも「やむにやまれぬものを書きとめた」のであって、それが社会的にあたえる反響や、個人的な利害についての狙いやアテ込みがあったわけではないという点である。すなわち石川が当初から、まがうことなく作品を産み出すために戦地に赴いたのに比して、火野にあっては「私は、今、廟の前の穴から出て来て、再び廟の中に入り、この日記を書きつけている。私は昨日まで一日終って、その一日の日記を書きつける習慣であったけれども、今、私は、既に、一日終るまで私の生命があるかどうか判らなくなった。今は午後六時二〇分である」という書きつけが示すように、この記録は、ある意味で作者の遺書であった。結果した《作品》という点ではかわりなくとも、それが書き出されるにいたったモメントとしての、かかる戦争体験の質的差異から眼を外すことは許されないと思う。

さて、わたくしが留目しておきたい、いま一点は二作が発表された後、どのような遇されかたをしたかという点である。すぐのちに述べるように、一方が発表と同時に発禁処分を受け、日本軍国主義が敗北裡に崩壊した日まで、ついには陽の目をみることがなかったのにくらべて、他方は発表されるや否や驚異的な国民的感動の中で迎え入れられ、その作者をして一躍スターダムの座にのしあがらせるというように、ふたつの作品がたどった軌跡はまさに対極的なそれであった。しかしながら、そうした対極的な軌跡を描くにいたった必然性は、いったい奈辺にあったと云うのだろうか。本稿で筆を費して考えてみたいと思う点は、ここにかかわっているのだが、あらかじめ、わたくしの、ひそかな感想を表明しておくならば、ふたつの作品がたどることを強いられた、その運命の規定因は、きわめて薄弱なものでしかなかった。すなわち、それは、ふたつの作品世界が、そうならしめたというよりは、たぶんに、たまたま作者たちが置かれていた状況なり、あるいは特殊な背景のもとでの当局者による恣意的な判断と、そのことから引き起された結果という具合に読解したほうが至当のように思われる。ともあれ、わたくし自身が抱いている、そうした卑俗な疑念を本稿で、いくらかなりとも明らかにすることができれば幸いである。

二

標題にも示したごとく本稿では『麦と兵隊』を考察の中軸に据えて、わたくしは、まず行論の展開上、南京陥落に取材し、小説の形式で戦争を描いた、はじめての作品といわれる『生きてゐる兵隊』にスポットをあて、この作品の登場前後にまつわる若干の事実経過を述べることからはじめようと思う。

作者、石川達三はブラジル移住民の新天地に託した夢と、その挫折をルポルタージュ風に描いた『蒼氓』で昭和十年、創設されたばかりの芥川賞を受賞することで文壇にデビューしたのであった。ちなみに火野葦平が『糞尿譚』で同じ賞を受賞したのは、それから二年後のことである。

ところで石川は『蒼氓』で用いたルポルタージュの手法を『日蔭の村』（昭和十二）でも駆使し、その作家的地位を不動のものとしたのであるが、折からの日中戦争下、ひとつの節目ともいうべき南京陥落にあたり、ジャーナリズムが、この新進売り出し作家に従軍作家としての白羽の矢をたてたとしても、それは、むろん容易に解し得ることではあった。いますこし、この間の経緯についてつまびらかにしておきたい。

日中戦争への全面的な展開に突入した当初、報道機関（当時は報道ではなく、報導の字を用いていた点、注意を喚起しておく）の多くが軍部のスポークスマンと堕しきって、〝皇軍は至るところで神の如く〟とか〝占領地の住民は手製の日章旗を迎え〟などという記事ばかり流しはじめていた。こうしたことに対して石川は「耐えがたい、いら立たしさ」をおぼえ、「真実はもっと別のところに隠されているのではないかと考えて」まず事実を重視すべく現地従軍を希望したのであった。石川の、そうした希望をいち早く察知した中央公論社では、この新進人気作家を自社特派員の名目により現地に派遣したのである。

この時期の、ジャーナリズムによる作家の現地特派という現象、つまり石川が出向いた昭和十二年という段階で〈事変ルポルタージュ〉のはしりを書いた作家たちは尾崎士郎、林房雄、吉屋信子、榊山潤などの顔ぶれで、いずれも石川よりはキャリアにおいて一日の長あるものたちばかりであった。いずれにしろ、その石川は昭和十二年の暮も押しつまった十二月二十一日に東京をたったのであるが、上海・蘇州・南京・上海と渡り、翌十三年一月下旬に東京に舞い戻っている。そして、締切の関係から執筆を急がれた彼は、二月一日に筆をおこして十一日の未明までかかって三百三十枚を書いた。当時、この話を伝え聞いた高見順は石川の「筆力と精力に舌を巻いた」(『昭和文学盛衰史』)と、のちに述懐している。書きあげた、この作品を彼は『生きてゐる兵隊』と題して『中央公論』の三月号に発表したのであった。この時点では、いまだ戦場の現実にふれた単なるルポか、あるいは従軍記といったものしか書かれておらず、火野の『麦と兵隊』が『改造』の十三年八月号、上田広の『黄塵』が『大陸』の十月号、丹羽文雄の『還らぬ中隊』が『中央公論』の十二月号・翌十四年一月号の発表であってみれば、石川が、いち早く特派員としての見聞をもとに、ひとつのまとまりある小説に組み立てようとした意欲は、それ自体、新しい文学的冒険のこころみとして評価することができるだろう。

ところで、一方、この作品を掲載すべく原稿を落手した中央公論社側は、当時の売り出し作家を、おりからの南京攻略戦に従軍させることに成功し、この野心作を得たということで雀喜したのであった(当時の『中央公論』編集部員、畑中繁雄氏の著書『昭和出版弾圧小史』による)。とはいえ、すでに厳しい言論弾圧体制がしかれていることでもあり、編集部の方で約八〇枚を削除し、あるいは多くの伏字をおいたりして、かなり慎重な配慮をほどこしたうえで発表に踏みきっている。畑中氏は、その著書の中で当時の編集者がなさなければならなかった〝仕事〟について、苦衷とともに回想しておられる。「私たち編集者はまことに非情の朱筆をふるって、たとえば執筆者の付した題名をことさら〝時局むき〟に変えたり、明確な規定をたんなる可能性にかきかえたり、文章の脈絡だけをつけて気づかれぬように主要部分をごっそり削除したり、ときには威勢のいい形容詞や副詞の類いを挿入したり、といった「表現の奴隷化」のために神経をいたずらにすり減らす」ことが、その〝仕事〟の中身であった。

『生きてゐる兵隊』の発表にあたっても、そうした「表現の奴隷化」がほどこされたことは、いまも述べたが、それにもかかわらず、この作品の掲載された『中央公論』三月号は発禁となったのである。この措置は発売日（二月十九日）の前夜八時すぎ、内務省警保局図書課から突然、電話で通達されてきた。すなわち、その理由とするところは「皇軍兵士の非戦闘員殺戮、掠奪、軍紀弛緩の状況を記述し」「虚構の事実を恰も事実の如く空想して執筆したのは安寧秩序を紊すもの」であるとされ、作者、石川と『中央公論』の発行人牧野武夫、編集人雨宮庸蔵の三人が起訴された。そして、第一審の検事が論告のなかで「此の種犯罪の中に於ける最も悪質なるものであり、最も重く処刑すべし」と述べたのに対して石川は承服せず、「此の種犯罪の中に於ける最も良質なるものと確信する」旨、陳述をしたのであったが、九月五日の判決で石川と雨宮が禁固四ヶ月、牧野が罰金百円（いずれも執行猶予三年）の有罪が決した。なお検事側は、この判決に不満として控訴、翌十四年四月の第二審は第一審判決を支持し、ここに『生きてゐる兵隊』筆禍事件に関する司法上の措置が確定したのである。それにしても「虚構の事実を恰も事実の如く空想して執筆」するのが小説というものであってみれば、そのゆえをもって法に問われた石川としては、およそ立つ瀬がなかったにちがいない。

爾来、敗戦にいたるまでの間、わが国の文芸批評の主役は内閣情報部（局）や司法省が一手に引き受けるという無謀な状況のもとにおかれたことは、すでに周知の通りである。

三

以上、『生きてゐる兵隊』にまつわる若干の事実経過を大急ぎで述べた。平野謙氏は島木健作の『再建』発禁（昭和十二年六月）と、この石川の筆禍という、ふたつの事件をもって「昭和初年代の文学が昭和十年代の文学へと移行せざるを得ない最初の文学的関門」（『昭和文学史』）であったとされている。こと、『生きてゐる兵隊』について云うならば、それは昭和時代の言論・出版弾圧史における前期、後期の端境期に生起した事件にほかならず、この作品の筆禍事件をもって、はじめて公表し得る戦争文学の限界が明らかになったのである。わたくしは、この筆禍事件を、そうした意味あいのもとに位置づけておきたい。

のちに述べるがごとく、火野が『麦と兵隊』執筆に際して軍当局より示された七項目の制約条件といい、同じく昭和十三年九月、内務省警保局図書検閲課が婦人・娯楽雑誌の編集者に編集方針上の指示を与えたという事実にしろ、あるいは同年七月に出された新聞の編集指導に関してなしたところの指示にしても、それが大なり小なり、直接・間接に『生きてゐる兵隊』事件が、ひとつの引き金になっていることは容易に推察し得ることであろう。

こうして、たてつづけに出された当局からの〈指示〉の数々が、いわば検閲の基準の明確化を意味していたことは疑う余地がないけれども、わたくしの云う検閲基準の明確化が「もはや戦争を肯定し、それに協力するというだけでは許されず、戦争を讃美し戦場の現実を美化すること」（伊豆利彦「戦争文学の動向」・『国文学』昭三七・八）を端的に求めるという点にあったことも、ここに、はっきりと指摘しておきたいと考える。

だが、しかし、ここでわたくしが提出したいと思う問題点は、多くの論者が言及するごとく、かりに石川の筆禍事件を契機として「兵士を人間として描き、その矛盾と苦悩を描くことは許されず、戦争の矛盾、戦場の暗黒面を描くことは禁じられることになった」とするならば、すなわち人間の眼、作家の眼で戦争を捉えることが許されなくなったとするならば、その事件から、わずか数ヶ月後に世に出た『麦と兵隊』は、そうした状況の激変を忠実に投映した作品たり得ていると云えるのか、という点である。換言するならば、『生きてゐる兵隊』事件に集約される戦争文学についてのタブーが『麦と兵隊』で、よく生かされているのだろうか。ということを中心に以下の考察をすすめることにしたい。

戦後、昭和三十三年に刊行された『火野葦平選集』第二巻の末尾に附されている自筆の解説において、「戦地で文学作品を書くことは不可能に近い状態」でしかなかった、その厳しい制約条件を火野は明らかにしている。手足をもぎとられ、目をふさがれ、なおも書きとどめることを願いつづけた熱い思いを述べながら、である。

火野の中支派遣軍報道部への転属をプロモートした責任者は報道班長、馬淵中佐であったけれども、徐州会戦従軍記を〈軍の意向〉に沿って書くべく示された七項目の条件が、いったい誰によって発せられたのか、という点について彼は明らかにしていないのだが、ともかく、まず彼に示された条件を列示しておく。わたくしは火野がうけとめたそれらの制約の現実こそ、彼の戦記「兵隊三部作」を解きあかす手がかりとなるばかりでなく、この時代の文芸世界を考えるうえにおいても見すごすことのできない枠組であろうと考える。

さて、それでは条件の列示に際して、もちろん昭和三十三年という時点においてではあるが火野自身、そうした条件について、いくばくかの感想をもしたためているので、そこに開陳されているコメントを意訳しつつ書きとることにしたい。

(一)　日本軍が負けているところを書いてはならない。

日本の軍隊は天皇の軍隊、つまり皇軍なのであり忠勇義烈、勇敢無比であって、決して負けたり退却したりしないというわけだ。

(二)　戦争の暗黒面を書いてはならない。

作家として戦争を描く場合には、これらの一切を含めて立体的に明暗を表現するのでなければ、文学として完全とは云い難いのである。トルストイの『戦争と平和』をはじめ、古今の戦争に題材を求めた諸作が人びとの胸をうつのは「これら戦争悪の全面が高いヒューマニズムの精神によって描き出されているため」であるのに、そうした書きかたは一切許されないとされた。

(三)　戦っている敵は憎々しくいやらしく書かねばならない。味方はすべて立派で、敵はすべて鬼畜でなければならない。

火野は敵も味方も同じ人間で、殺しあいすることをおたがいの不幸と考えていたので、どうしてもそんな見方はできなかったと書いている。「『西部戦線異状なし』の中で、瀕死のフランス兵とドイツ兵とが手紙や写真を見せあって抱擁する場面は感動的だ。私たちはいく度となく同じ経験をした。（略）しかし軍の検閲はそんな風に敵を書くことを許さず、敵兵のみならず、敵国の民衆までいやらしく書けというのだった」。

（四）作戦の全貌を書くことを許さない。

これでは作品に壮大なスケールというものが出てこないと火野は述べているが、作戦の全貌はほとんど機密事項に属していた。

（五）部隊の編成と部隊名を書いてはならない。

これは（四）の制約とかさなっているわけである。

（六）軍人の人間としての表現を許さない。

分隊長以下の兵隊はいくらか性格描写ができるけれども、小隊長以上は全部、人格高潔沈着勇敢に書かねばならない。「将校でも変った性格の人間が多かったし、人格劣等、卑怯未練の部隊長もいたのである。それをそのまま書けば戦場描写にも厚味が出るのに、軍はそれを許さないのである」。

（七）女のことを書かせない。

戦争と性欲との問題は文学作品としての大きなテーマであるのに、皇軍は戦地では女をみても胸をドキドキさせてはいけないのであり、兵隊は、すべからく石部金吉とならなければならなかった。

以上、『生きてゐる兵隊』筆禍事件を大いなる教訓としたであろう軍（検閲）当局によって、火野に示された枠は、文字通り「戦争中、日本軍の検閲は徹底的に文学としての完全表現を阻止」（火野「戦争文学について」・『文学界』昭二七・十一）するにふさわしいものであった。

それでは、つぎに、これら七項目におよぶ制約条件と、その枠内にとどまった（とされる……それゆえに『生きてゐる兵隊』とはちがって陽の目をみた）形で叙述されている『麦と兵隊』が具体的に、いかなる絡みをみせているかという点を、すこし、検証してみることにする。

四

まず、火野は徐州会戦従軍記を執筆する際の第一に心すべき条件に「日本軍が負けているところを書いてはならない」という点を挙げている。

ここに云う日本軍が、軍総体ということを意味し、かつ総体としての自軍の劣勢な戦況を印象づけるものに対する制約であったのか、それとも一人びとりの日本兵が窮地に追い込まれている様までをも含めているのか定かではない。おそらく、推測するに軍の意向としては前者に重きをおいたものと考えられるが、しかし個々の日本兵のおかれた状況のつみあげが、とりもなおさず日本軍の戦況を物語るわけであるから、個々の日本兵のおかれた状況を描くに際しても、相当、気をつかわなければならぬ制約条件であったろうと思われる。

ただ『麦と兵隊』の場合、その情景描写の方法的特徴が、つとに指摘されるごとく鳥瞰図的というよりは虫瞰図的な視点に傾斜しているということもあって、自軍の全体的な戦況を示唆するような個所は殆どみられないけれども、例の孫圩城攻防戦を描いたところなどで、個々の日本兵が極度に不利な状況に追い込まれている様を息づまるような筆致で描き出している。すなわち、実弾の飛び交う具体的な戦闘場面は五月十六日の頃から書きつけられているが、さっそく次のような描写がなされている。「敵はよく草臥れずに、射つものだと思うほど、間断なく射撃を連続する」ために「池田伍長は殺られ」「吉沢上等兵の居る乗用車の方に飛び出した兵隊が、自動車に着いたと思うと、俯伏せに音をたてて倒れ」、そして「吉沢上等兵は逸散に前方に走り出て戦車の線に行ったが(略)雄物の姿とともに見えなくな」るという事態の中で「私」も絶体絶命、「生死の境に完全に投げ出されてしまった」のである。このほか、熾烈な戦闘のさなか戦友たちが敵弾に斃れてゆく様は五月十九日の項などにも散見される。しかしながら、これらの描きかたにしても火野は、当時、この種の報道文に支配的な風潮としてあった——英雄的に闘った結果としての名誉の戦死——という装飾された表現を極力排し「機関銃部隊長吉田少尉腹部貫通で戦死、松井部隊長郝店で頭部貫通で戦死、機関銃岡本部隊長負傷、蕭県攻撃では佐分利部隊長戦死、兵隊は二十四名戦死、四十八名の戦傷者」(五月十九日の項)というふうに、あくまで事実のみを忠実に淡々と記している。

ともかく火野の戦場における視線の向け場所が戦闘場面の活写というよりは、たぶんに戦場における兵士たちの日常性という点に向けられていたこともあって、日本軍の勝ち負けについて描くことは『麦と兵隊』のなかでさしたるウェイトを占めていない。それゆえ、この

第一の条件は火野にとっても、さほど桎梏とはならなかったはずである。

さて、第二は「戦争の暗黒面を書いてはならない」ということであった。

この条件に抵触する描写を『麦と兵隊』から見出すとすれば、それは五月二十日の項に「二十五里舗の城壁の前に掘られた壕の中に、支那兵の屍骸が山のように積まれてあった。(略)堆積された屍骸も新しく、まだ血が乾いていない。屍体の間に挟まって蠢いているのもある」といった記述に垣間見ることができるだろう。あるいは、この作品の末尾、例の中国人敗残兵の首が「毬のように飛び、血が簓(ささら)のように噴き出して、次々に三人の支那兵は死んだ」個所などが『麦と兵隊』に描かれた「戦争の暗黒面」と云える。

石川の『生きてゐる兵隊』が筆禍を蒙ったのは、なにはさておき日本兵の残虐行為の描写に多大のスペースをさくことによって「戦争の暗黒面」を暴露したためであった。今次の十五年戦争は〈皇軍〉の神兵による〈聖戦〉であったがゆえに、それにふさわしい、かくかくたる〈戦果〉はウソやホントを織りまぜながら公表された。考えてみるに、それらの〈戦果〉というものは、すなわち軍（検閲）当局が忌避したところの「戦争の暗黒面」を通して、はじめて調達が可能なものであった。であるから、文字通り、ひとつの結果としての〈戦果〉は上からの思惑を滲透させるべく公表されたけれども、しかし、それを調達するにいたる過程としての「戦争の暗黒面」を明らかにすることは厳しく制せられたのである。この点について高崎隆治は石川が『生きてゐる兵隊』で、かなりの筆を費して日本軍兵士の残虐行為を描き、これを公表したということは「天皇制軍部をナメていたための勇み足であったとするのが順当」であり、「戦争を肯定さえすれば、多少行過ぎは大目にみられるとは幼稚にすぎる」(「火野葦平と石川達三」・『朝日ジャーナル』一九七二・三・一〇)と述べている。事実、石川は、この作品において戦争の大義を告発しているわけでなく、そして、また日本兵による数々の犯罪をずらりと並べたててはいるけれども、これらの犯罪を追認するのみである。すなわち、石川はそれを憤りも悲しみもせず、戦場という異常事態の中で、当然起り得るものとして肯定したのだった。にもかかわらず、軍(検閲)当局にとっては戦争の大義や日本兵の残虐行為を追認し、肯定するという石川の立場性を考慮するよりもなによりも、事実としての残虐行為を描き出した、そのことのほうが許すべからざることであった。

本来ならば〝敵〟に対する打ち消し難いヒューマンな共感と連帯、それに中国大陸の自然への感服を率直に披瀝している『麦と兵隊』の作者の立場性こそ、問題視されて当然ではなかったかと思うけれども、軍(検閲)当局の神経の向けどころが、いわば現象的な事実に注がれているということもあって、『生きてゐる兵隊』にくらべて『麦と兵隊』では戦場における暗黒の事実が、その主題との関係で云えば微小にしか描かれておらず、それゆえにお目こぼしにあづかることができたとも云えるのではないか。

ところで、わたくしは、『麦と兵隊』にあって戦場における暗黒の事実が微小にしか描かれていないと、いま述べたけれども、それは火野が描かなかったのではなく、軍内部の検閲の過程で当該個所が削除された結果、なるほど公表された『麦と兵隊』では描かれていないわけである。

では具体的に、いかなる個所が削除されているのかと云えば、次のようなところを挙げることができるだろう。五月十一日の項の末尾は衛兵所の柱につながれている中国の正規兵、雷国東のひとつの表情――「日本の兵隊を雷国東は極めて無表情な顔付で眺めている」で終っているのだが、実際には火野は、この雷国東が麦畑につれ出されて銃殺されたところまで書き込んでいたという。あるいは、また、五月二十二日の項の末尾、「私は悪魔になってはいなかった。私はそれを知り、深く安堵した」のすぐ前に中国兵斬殺の事実が記されているけれども、ここにしても斬殺する場面の描写が十数行、約二〇〇字削除されているのだ、とされる。しかも、その「削除された部分は、（ここ何字削除）或いは（ここ何行削除）とやらず、黙って削除しておいて、前後をくっつけてしまってある。このため、意味が通じなくなっているところがあるうえに、唐突にもポツンと「私は悪魔になってはいなかった」とする最終行がくっつけられていることもあって「感銘がひどく弱まっている」と火野は『選集』第二巻の自筆解説で述べている。しかしながら、石川が『生きてゐる兵隊』において、戦場での日本軍兵士による犯罪暴露を目論見たのにくらべて、前稿でも明らかにしたごとく『麦と兵隊』では実際の戦闘場面の描写が第一義的な視座に据えられているわけではなく、いまとなっては、さしずめ赤ん坊の首を指一本で窒息させるほどに、その作品の限界を指摘することが容易なものとはいえ、〈祖国〉とヒューマンの間に定まらない揺れ動きを示しながらも敵・味方と敵国の自然を通して人間的なものを見出すことに意を注いでいる火野の場合、この第二の条件も、さほど息苦しさを感じさせなかったのではあるまいか。

次に第三の条件は「戦っている敵は憎々しく、いやらしく書かねばならない」ということであった。

従軍記を執筆するに際して指示された七項目の条件のうちで火野の前に最も大きな壁として立ちはだかったのは、第六の条件の「軍人の人間としての表現を許さない」と並んで、〝敵〟の描き方にくわえられた、この制約であったろうと思われる。そして、実際に火野は、この条件から最も逸脱し、遠くへ突き抜ける形で〝敵〟を描いてしまったのである。

多くの評者たちが火野の「兵隊三部作」を通して、そこに流れる人間的なものを指摘する時、それは、単に日本軍兵士の人間的な側面が描かれているからというにとどまらず、否、それ以上に、本来ならば〝敵〟であるべき中国民衆の描きかたと、描く主体としての火野その人の人間的資質といったものにも関わっていたはずである。誰彼が引用する個所をわたくしも借りておく。

「私はこれからの朴訥にして土のごとき農夫等に限りなき親しみを覚えた。それは、それらの支那人が私の知っている日本の百姓の誰彼によく似ていたせいでもあったかも知れない」。

「詰まらない感傷かも知れぬが、……眼前に仇敵として殺戮し合っている敵の兵隊が、どうも我々とよく似ていて、隣人のような感がある、ということは、一寸厭な気持である」。

わたくしは、火野をして、かかる〝敵〟の描きかたを許容した検閲当局の検閲基準について不可解さを禁じ得ない。自軍の残虐行為を追認的にあばいていった石川と、第一線で戦闘行動に従事するものでありながら〝敵〟に対して隣人としての親近感を披瀝する火野と、どちらが国策上（あるいは社会的な存在として）問題視されるべきであったろうか。銃後の国民が前線兵士の残虐行為の数々を知ったところで、一方において〝敵〟を憎悪すべくイデオロギー教育が充分になされておるならば、別段心配されるリアクションが起るとは考えられない、――実際に、当時の日本国民は、すでにほぼ問題なくファッショ体制下の価値秩序の中に組み込まれていた――そして、また、たとえば『戦没農民兵士の手紙』（岩波新書）などに端的にみられるごとく、戦場にある父や夫や息子たちが、一家の手柄話としてもらうために敵を殺した、斬った、と逐一知らせていることからしても、わたくしの読むところ、そうした個々の犯罪事実はすでにひろく既知のことであったろうし、公知のものとするについて、さほど気にすることはなかったはずである。

「敵兵のみならず、敵国の民衆までいやらしく書け」ということは、およそ戦争体制下の社会で戦争文学が発揮すべき唯一とは云わぬまでも、きわめて大きな任務であったろうことは想像に難くないところである。戦争文学の速効性ということを――戦争遂行者の立場で考えるならば――自軍兵士を神々しく描くことよりも、〝敵〟を憎々しく描いたほうが、そのメリットは大きいと思われる。くわえて、そうしたことよりも何よりも、当時の日本社会にあって火野のように〝敵〟への親近感をあからさまに公言したりなどすれば、それは文字通り〈反〉国民的な国賊ものとして官憲の厳しい監視下におかれるという状況にあったのである（市民たちの反軍的・平和的なニュアンスをこめた些細な言動にいたるまで、ことこまかに問題視していることが『特高資料』やその資料をもとにアレンジされた『戦時下のキリスト教運動』などにみられる）。

そうしたことを勘案するに『麦と兵隊』は検閲当局にとって、かなりの毒を感じさせるに充分なものであったろうにもかかわらず、この作品に対する軍内部の評価は、のちにみるごとく「大変結構ト存ズ」という大甘なものであった。もっとも、わたくしがさきほどから引用している火野の『選集』第二巻自筆解説によれば『麦と兵隊』の発表以前（つまりは検閲過程）の段階で、大本営報道部内に、この作品が戦意昂揚どころか、厭戦的・反戦的な気分を醸成する危険があるとする意見が存在した事実、あるいは中国民衆を友だちのように書いており、火野はアカではないかと、一部に嫌疑を受けた事実が明らかにされている。わたくしは、くどいようだが当時の雰囲気からすれば、むしろ、このような印象をもつことのほうが、よほどノーマルな反応ではなかったかとさえ思う。そのような事実を考慮に入れるならば、火野が、いま思うほど、そうそう安全地帯に居たわけではないということも言えそうだ。

五

いま、すこし、この点に立ち入って話をすすめることにしたい。

『麦と兵隊』に次のようなくだりがある。すなわち、山と積まれた中国人の屍体をみながら、ふと、この人間の惨状に対して痛ましいという気持を全く感じないで眺めていた自分に気づき「私は感情を失ったのか。私は悪魔になったのか」と自らに問うところである。

もっとも、この自問にしても前後の脈絡からも明らかなように、自分がうそ寒いものを感じたということで安堵してしまっているのであり、そこに火野の限界を指摘することは簡単だけれど、ともかく、彼がうそ寒いものを感じたという、その人間的な心理状態は記憶しておく必要があるだろう。一方、『生きてゐる兵隊』のインテリ医学士・近藤は「生肉の徴発」に出かけ「右手の短剣を力限り女の乳房の下に突立てた」にもかかわらず、「格別に惨酷すぎたとは思わない」のであった。

小田切秀雄は「『生きてゐる兵隊』批判」(『近代日本の作家たち』所収)において、この小説に登場する人物の誰一人自分たちの戦っている当の相手である中国軍、中国民衆について考えたり、疑惑したり、感動したり、追及したりすることがないという意味のことを指摘しているが、その指摘は、おのずから『麦と兵隊』と、この作品との間にみられるきわだった差異なのである。

なるほど『生きてゐる兵隊』における従軍僧や笠原伍長や近藤医学士の残虐行為は、一面において日本軍の真実にふれていると云えるだろうが、しかし、その描写の生々しさにもかかわらず戦争批判の視点が読みとれないというのは、いったいどうしたことか。この点、わたくしの読むところ、おそらく小田切によって批判的に指摘されたことと深く連接しているものと思われる。すなわち、石川が斬る行為の恐しさを描き出しながら、斬られる側の人間の苦しみについては、いささかも心を痛めることがないという、この奇妙な無神経さのなかにその問いを解く鍵があると思う。

察するに、石川は踏み込んでいないのだが、自己のなした虐殺行為をどうしても忘れることができなかったり、あるいは斬られた人たちの苦痛に心を痛め、その心の痛みから中国民衆についての人間的な関心をいだきはじめたり、といった具合に日本軍兵士のひそめられた心の内部にも人間性に根差したさまざまな葛藤があっただろうとわたくしは思うのである。みてきたごとく『麦と兵隊』は、その基本的枠組みにおいて日本国家＝〈祖国〉を越えるものではないが、しかし、そうは云え、その作品では火野自らの人間的に揺れ動くさまが率直に披瀝されている。こうした点を考える時に、わたくしは発禁を受けた『生きてゐる兵隊』が、削除されただけで出版は可能であった『麦と兵隊』を内容的に、いささかもしのいでいないと判定せざるを得ない。いみじくも中野重治は、このふたりについて「第二世界戦におけるわが文学」(『中野重治全集　第十巻』)という、さして長くもないエッセイで周到な評価をくだしている。氏は、まず火野(と上田広)について本質的なところで戦争そのものを否定した中野らとは異なり、「この戦争」のなかに人間的なものを求めようとしたとされ、「しかし彼らは、そこで必ずしも露骨に居直ることはしなかった。ふりかえりふりかえり、何かすまなそうな顔色でわかれて行くという調子」があると評されている。それにくらべて石川は、どうか。「石川は、貧しく、力なく、名もない民衆に大きな同情を寄せつつ、同時に、彼らが悲運の底に投げこまれれば投げ込まれたでこれを簡単にあきらめ去り、自分でも忘れてしまい、はては相手にも忘れるのが第一だというふうに説得しかねぬようなけろりとしたところがあった。人間的なものを求めぬではないが、その求め方は割合い表面であって、上田や火野とは多少の開きを持っていた」というのが中野の診断である。中野の、この評は一応作家論の態をとってはいるが、わたくしが本稿でとりあげてきた、ふたつの作品についての作品論としても「情理かねそなえた名評」（平野謙『昭和文学史』）と云えよう。

ところで、中野が指摘した、この二作にみられる「開き」は、当時、抗日戦争を戦っていた中国側にとっては逆の評価をもって受けとられていたようである。

火野の語っているところに従えば『生きてゐる兵隊』も『麦と兵隊』も上海の出版社、雑誌社というところから中国語に翻訳出版されていたらしいのだが、それぞれの序文で「石川達三は人道主義的作家であると大いに賞揚してあった」のにくらべて、「火野葦平は軍閥の走狗であるとさんざんに罵倒されていた」という（『選集　二巻』の自筆解説）。

中国側が『生きてゐる兵隊』をして人道主義的と評したのは、言うまでもないことであろうが、この作品がかなりのスペースを費して日本兵の放火・掠奪・殺人・強姦などの事実を書いていることによるだろう。しかも、そうした数々の残虐行為は極限状況でのパセティックな行為として惹起されたものではなく、いまだ破竹の勢いにあった昭和十三年という段階で引き起されているのである。そうした時期に作品に即して云えば「一人の敵兵を殺すことは一匹の鮒を殺すことと同じであった。彼らの殺戮は全く彼の感情を動かすことなしに行われた」というプロフィールをもって描き出されている笠原伍長（と、何人もの笠原的人物――石川の、こうした類型的な人物設定が多くの評者たちによる『生きてゐる兵隊』批判のポイントとなっているわけだが）のふるまいなど、中国側にしてみれば日本鬼子（リーベンクイズ）の正体を暴露するうえで大いに役立ったであろうことは容易に推察することができる。そして、そうした点を考慮にいれて考えると、中国側は『生きてゐる兵隊』について、作者その人は犯罪事実を無感動に肯定し追認しているにもかかわらず、内容に関わる一定の評価をくだしたものと思われるが、しかし『麦と兵隊』に対する負評価（マイナス）の根拠となっているのは、いったい何であろうか。このことをわたくしなりに考えるうえで、まず、火野の中国民衆に対する像の結びかたが、どのように揺れ動いているか、その変転を簡単になぞってみよう。

　火野が『麦と兵隊』で中国民衆へのシンパシーを、かなり率直に表明していることは、わたくしが述べるまでもないけれども、ただ、わたくしたちが注目しなければならないのは次の点である。すなわち、彼の中国民衆に対するシンパシーも、相手を殺さねば、自分が殺されるというギリギリの局面に立ち至った場合に、そういう土壇場へ人間を追い込み、殺す意志のない人間に憎しみのない人間を殺させるものへの糾弾という方向を決して辿ってはいない。逆に彼の示している人間的共感なるものが、文字通り素朴なそれであって、思想的に鍛えられたものではなかったという事情のせいか、ひとたび同じ仲間の日本兵が敵の弾丸に屍れると、反射的に弾丸を発射した当面の相手に憎悪の感情をいだくのであった。しかし、いかんせん良きにつけ悪しきにつけ、庶民の認識段階を抜きん出るほどの思想をもたず、それゆえ洞察力に恵まれた思想家でもなかった火野の素養が微妙に作用し、敵兵を「撃ち、斬ってやりたい」という反射的に湧きあがった憎悪の感情も、まさに反射的であったがゆえに中国民衆に対するヒューマンな感情が根こそぎ失なわれることはなかったのである。——

軍当局が『麦と兵隊』に「大変結構ト存ズ」と太鼓判をおしたのも、火野が中国側から「軍閥の走狗」と罵倒されたのも、いまみたごとく彼の中国民衆へのシンパシーひとつを勘案しても、私見によれば、利害関係を全く異にする二者の評価ではあるが、それは共に『麦と兵隊』の内容的評価という観点からすれば大きな懸隔があるように思われてならない。すなわち、端的に云って、攻守ところをかえた二者の評価に直接関係があった要因をさぐるならば、それは、なによりも彼の軍属という身分、あるいは軍子飼いの報道班員という肩書ではなかったのか。

考えてもみてほしいのだが、中国側にとって火野は実際に戦場であいまみえる〈撃ち・斬る〉敵であるわけだが、その点、石川は、ともかくも既成作家であり軍の外側にいる人間なのであった。同じ侵略国の国民とは云え、こうした立場のちがいから、否応なしに一定の評価を受ける破目になるということも、たぶんに考えられることであったろうと思う。軍の評価にしたところで、このふたつの作品がかもし出している内容よりも、まず軍にとって内側の人間であるか、あるいは外側かという識別のほうが優先していたにちがいない、という点をくどいようだが、くり返しておく次第である。そうとでも解しない限り、内容的に云うならば、中国側が厳しい評価をくだしたというほどに『麦と兵隊』のほうが〝敵〟性をあらわにしているわけではなく、さればと云って軍（検閲）当局が云うほどに「結構」であろうはずはなく、とり入った提灯もちをしているわけでないことは、ある程度の鑑賞水準に達した読者にとって容易に納得し得るはずであった。

もちろん、軍にとって内側の人間である火野のほうが石川にくらべて軍隊内の諸々のタブーをよく心得ていたにちがいなく、そうした差が、一方は発禁、他方は削除のうえ公表許可という結果を生じせしめたと考えられなくはない。しかしながら、こと火野の場合、わたくしの推断にすぎないけれども、先刻からくりかえしているように、彼が軍の子飼いの報道班員であったという事実、そして、そこでの好ましい人間関係をもち得たという事実を抜きにして、客観的にみれば、かなり危険な綱渡り的きわどさをもった『麦と兵隊』が――当時、いまだ日中戦争が日本軍有利という戦況上の余裕があったとは云え――社会的に存在することが可能であったとは思われないのである。

いま一度、火野が報道班員となる時の経緯について言及しておくならば、『糞尿譚』で芥川賞を受賞した作家・火野葦平が杭州警備の任についている現役の応召下士・玉井勝則であることを知った軍は、さっそく中支派遣軍報道班長、馬淵中佐を上海から出向かせて報道班への転属を勧めている。その際の勧めに火野は一も二もなく応じたわけでなく、「言下に私は拒絶」し、第一線の分隊長としてとどまりたいとする火野を強引に口説き落したのであった。いかに国の大義に殉ずるために、求められた場所で任務を尽すという考えが国民一般のものであり、ましてや上官の命令は朕の命令という帝国軍人としての約束事があったとはいえ、火野が報道班員となる際に渋ったにもかかわらず、請われて報道班員となった事実、そうした関係の成り立ちは、それ以後の火野をめぐる状況をかなり有利なものとなし得たのではないだろうか。

その証拠に報道班員となって従軍中の火野は、たえず上官から、なにくれとなく心配りを受けているのである。

たとえば『麦と兵隊』の書き出し、五月四日の項は「先達来より馬淵班長から示された限りなき深い理解の心に思いいた」ったことが、まず記され、そして「敬礼をし、扉を排して出ようとすると、君は拳銃を持っていないね。僕のを持って行きたまえ」と声をかけられている。五月五日、報道部長、木村大佐から「何か外に希望することはないか、などと、非常に理解ある言葉」に接し、五月六日には夕食後、木村部長を中心にパイナップルの缶を肴にビールをのみながら歓談したことなどが書き記されており、火野に寄せられた上官たちの厚意を知ることができる。そうした境遇が前線の一部隊長、玉井勝則に考えられたであろうか。

さきに、わたくしは軍内部の検閲に際して、『麦と兵隊』の発表は厭戦的・反戦的気分を助長するとして、一部に批判的な意見があったことを指摘したけれども、彼の直属の上官たちが、そうした意見の持主でなかったことは明らかである。書きあげられた原稿は、まず徐州戦線で行動をともにした高橋少佐の検閲を受け、次いで中支派遣軍報道班長、馬淵中佐の眼を通し、そして報道部長、木村大佐による「大変結構ト存ズ、参謀長閣下（河辺少将――今村）ニモ御話シテ日本ノ売レル雑誌ニ発表スルコトニ同意ヲ得タリ」というお墨つきを得て火野の手元に戻ってきた。もっとも、その際に彼の計算したところでは、合計二十七ケ所におよぶ朱の書き入れや削除がなされており、そうした軍の検閲について彼は何ら抗議することはできなかったのであるが……（なお、火野の例にみられるように、軍人・軍属の著作物の検閲は一九三七年二月に施行された陸軍軍人軍属著作規則にのっとってなされたはずである)。

いずれにしろ、火野が「実にうまく軍の検閲をくぐりぬけ」ることができたのは、飛鳥井雅道があからさまに述べるごとく「従軍中の伍長でかつ陸軍報道班員だという軍の派閥に守られていた」(「民族主義と社会主義——火野葦平のばあい」・桑原武夫編『文学理論の研究』)からであった、と云わざるを得ないのである。しかしながら、火野が、いかに軍の派閥に守られていたとは云え、あと二年もたてば、例の『麦と兵隊』の末尾にある「私は眼を反した」という態度は許されなかったはずであり、「日本による中国侵略が、とにかくにも上り坂として国民の目に映っていた時期」(中野重治「第二世界戦におけるわが文学」・『全集　第十巻』)において、はじめて安全地帯にとどまり得たのだ、という点、あらためて一言しておく次第である。

以上、述べてきたことを通して、わたくしは、いまひとつの推断をもつ。そのことを結論的に述べて、この稿を閉じることにしたい。

ここで取りあげてきた『麦と兵隊』と『生きてゐる兵隊』の作品内容なり、そのモティーフに即して云えば、一方が発禁、他方が削除のうえで公表許可という措置を受けるにふさわしいものであったか、否か、という点で疑問が残る旨、わたくしは、縷々、述べたが、にもかかわらず、実際上、そのような措置がとられたのは、この時期の検閲からして、すでに恣意的になされていたという事実を意味するものではないか、というのが、わたくしの推断である。

後年、太平洋戦争下に〝国体〟の解釈をめぐって情報局情報官、鈴木庫三という、ひとりの個人の主観に委ねられたという事実は、すでに周知の通りである。昭和十三年という時期から、この太平洋戦争勃発後という間にみられる時局の推移は、検閲の恣意性という点でも腑分けさるべきバリエイションが認められるけれども、『生きてゐる兵隊』筆禍事件と『麦と兵隊』の登場に象徴される昭和十三年段階における検閲の恣意性の一端を、わたくしは軍内部にある者と〈一般人〉との間にみようとした。あるいは、同じく軍内部にある者のなかでも、軍隊内の特権的立場をもった「報道部」——火野は、そこでの居心地のよさを「きわめて明朗で、普通の部隊とはまるで雰囲気が変っていた。軍隊にはちがいないけれども」と言っている——員という肩書のもつ特異性は、これまた腑分けしたうえで検討される必要があるかもしれないが、そして、また火野個人に関して云えば、そこでの〝眼のくもり〟が特権的な位置からする視座のゆえに認められるとする飛鳥井の指摘もあって看過し難い問題点をはらんでいると思うけれども、おのずから別稿において論じられるべき課題である。

第四章　北九州翼賛文化運動と火野葦平

はじめに

火野葦平が大日本帝国陸軍の一兵士として中国戦線における勤務をおえ、除隊帰還したのは昭和十四年も暮のことであった。以後、北九州の地にあって、彼本来の創作活動に励むかたわら、帰還作家として銃後の世論形成に寄与すべき寧日なき日々を送ったが、とりわけ彼の社会的活動の大きな比重を占めるものとして地方翼賛文化運動があった。当時火野の作家としての創作活動については具体的な作品となって結実しているので、それなりに明らかなものとなっているけれども、この方面における活動の様や役割については、これまで、さほど明らかにされていないのではないか。

そこで小稿の意図するところは大政翼賛会文化部の提唱により、昭和十五・十六年段階に全国を席巻した地方翼賛文化運動の北九州レベルにおける浸透ぶりを一方においてながめながら、他方、その渦中に自ら飛び込むことで自己の社会的任務を果そうとした火野の軌跡について、いくらかでも論及しようということにある。

一

大政翼賛会の発足は昭和十五年十月十二日のことであるが、これと同時に企画局のなかに文化部が創設された。これは火野が帰還して約一年目にあたるのだが、彼が国民運動としての翼賛運動に深い共感を示し、旺盛なエネルギーを発揮することになった背景のひとつとして、わたくしたちは、そのタイミングの良さを指摘することができるだろう。思えば国民的英雄として帰還した時から、火野は、その名を辱かしめることのないような活動に従事しようと心ひそかに思っていたふしがある。

そこで、北九州における翼賛文化運動の展開と火野の関わりは次節から述べるとして、まず行論をすすめるうえでファッシズム的国民動員の総仕上げともいうべき大政翼賛会の成立過程からみていくことにする。

昭和十二年七月の蘆溝橋事件をきっかけとして日本軍が中国大陸への全面侵攻を開始するとともに、わが国支配層が企てた国内における国民動員の方式はきわだって強権的なものとなっていった。その基礎として、まず総動員政策を攪乱するおそれのある一切の大衆運動を弾圧し、政治批判をひき起すおそれのある情報を全面的に封殺し、部落・隣組的組織の整備強化と職場の組織化をセットにしながら上からの国民統合がすすめられた。すでに治安維持法はコミンテルン第七回大会を契機として共産党とその外郭団体から、さらに適用の網を拡げ、すべての人民戦線的な動向や宗教団体にいたるまで弾圧の対象とするようになった。とりわけ昭和十二年十二月の人民戦線事件以後は反体制的勢力というものが殆んど完全に沈黙させられてしまったと言えるのではないか。

ところで近衛内閣が国民精神総動員運動の実施を決めたのは昭和十二年八月二十四日の閣議においてであり、地方レベルでの実行委員会が組織されて何らかの行事が行なわれるようになるのは十月から十一月にかけてであった。この総動員運動の拡がりは、さながら自由主義・個人主義といったものを悪の代名詞のようなものとした。これらの動向の行きついたところが「国家総動員法」(昭和十三年四月一日公布)である。すなわち、その第一条では「本法ニ於テ国家総動員トハ戦時ニ際シ国防国家目的達成ノ為国ノ全力ヲ最モ有効ニ発揮セシムル様人的及物的資源ヲ統制運用スルヲ謂フ」とうたわれている。

とはいえ、この段階においても国民統合をどのようにすすめるかということについて支配層内部で意思一致がなされていたかと言えば、実際のところ、そうではなかった。たとえば官僚主導のもとに国民統合をすすめようとする観念右翼勢力＝精動派に対して、国民の似而非自発性をより高く喚起し、少くとも表面上は国民の自主的な組織によるのでなければ国家総力戦を戦い抜くことは難しいとする見解が存在した(この辺についての詳細な考察としては石田雄『近代日本政治構造の研究』未来社刊、古屋哲夫「民衆動員政策の形成と展開」・『季刊・現代史　第六号』所収、を参照されたい)。

この、上からする国民統合をめぐる方法論上の対立も昭和十五年を分岐として風向きがかわってくる。すなわち〈国民組織〉であるとか〈新体制〉という構想が打ち上げられ、あるいは「産業報国運動」が提起されるという具合に、である。

第二次近衛内閣は昭和十五年七月二十二日に成立したが、この内閣のお膳立てにより翌八月二十八日、はじめての新体制準備会が開かれ、席上、近衛首相は、およそ次のような演説をした。それによれば、わが国は今や東亜新秩序建設という未曾有の事業に邁進しつつ独自の立場において対処し得るように高度国防国家の体制を整えねばならぬ。しかして高度国防国家の基礎は強力なる国内体制にあるのであって、ここに政治・経済・教育・文化など、あらゆる国家国民生活における新体制確立の要請が起るのである。かかる新体制実現のためには万民翼賛の国民組織の確立が最も必要である。国民組織とは国民が日常生活において国家に奉公する組織である。ゆえにこの国民組織は経済および文化の各領域にわたって樹立されねばならない。かかる国民組織が完成されるためにはひとつの国民運動が必要である。この国民運動は官民協同の国家的事業であり、国民翼賛運動たるべし……。

こうして新鮮な国民政治力の結集をめざした新体制運動ではあったが、その組織的表現として結成された大政翼賛会は諸勢力の思惑に挟撃された結果、自ら政治組織であることを否定し、〈万民翼賛〉〈承詔必謹〉をスローガンとする単なる精神運動の機関となった。しかもその精神運動にしろ翼賛会の総裁が首相、支部長は府県知事が兼ねることになり、実質的には内務官僚が指導する従来どおりの官製の国民運動にすぎず、一層の官僚的統制と支配の徹底強化をもたらす以外のものではなかったのである。

それはともかくとして、近衛演説が再三にわたり文化を確かな射程に入れて言及していることは、それ以前の、いわゆる精動派が前面にあった時期に殆んど無視されるか、言及されることがあったとしても否定的なものでしかなかったことを想起する時、新たな国民運動が確かにひと味ちがうものとなったということは言える。この翼賛運動の一環として掲揚された文化新体制の課題は、つまるところ国防国家体制下において文化はいかにあるべきか、という点にあった。そして、この課題に対する実践的な回答をなしたのが大政翼賛会文化部の活動であった。しかし、一方では大政翼賛会の機構の中に文化部を創設し、その部長ポストに岸田国士を据えたことに関して様々の評価の揺れがみられたのである。岸田のかつぎ出しに一役買った中島健蔵は、のちに「あの当時の雰囲気の中で、文武両輪論がとり入れられて翼賛会の中に文化部ができるというだけでも、意外だった」（「戦争直前の文化人」・『文学』一九六一年八月号）と回顧している。実際に文化をネクタイにたとえて、火事場でネクタイはおかしい、いまは火事場どころか戦時下なのだから、当分の間、文化という言葉は払拭したいとする論陣が新聞紙上で張られ、そして、こうした主張が一部の国民層に、かなり説得力を持ったのも事実であった。文化を俎上にのぼせての攻防戦は、一方にこうした文化ネクタイ論を典型とするなら、他方、岸田、上泉の翼賛会文化部ラインによる精力的な啓蒙活動も、また、ひとつの典型であった。たとえば文化部副部長・上泉秀信は著書の中で文化ネクタイ論に対して、次のような反論をこころみている。「文化はネクタイのような装飾品ではない着物なのだ。火事場の装束が必要である。戦時下には戦争の装備がなければならない。それが文化本来のありようなのである。……それ故に過去の誤まった文化観念を洗い去って、文化について新しい解釈が行なわれ、新しい文化理念にもとづいて新しい文化運動が要請される」（『文化の様相』、大日本出版株式会社刊、昭和十七年）と。

文化をめぐる状況は、このように文化無用論と文化翼賛論のふたつの主張に集約されるのだが、いまひとつ岸田体制をバリケードとして文化の自律性を擁護しようとしたリベラル派の存在も忘れるわけにはゆかない。だが、しかし、このリベラル派が大勢に押され、全く活動する余地を見出し得なかったことは、すでに歴史的に周知のことに属している。

二

以上、わたくしは地方翼賛文化運動が浮上してくる歴史的経過を前置きとして述べたわけだが、これより本題に入って筆を進めることにしたい。

大政翼賛会発足当初、文化部の事務分掌は「文化機構の再編成並びにその指導」とされていた。それが昭和十六年四月の翼賛会改組後においては「文化機構の整備強化並びに職域的組織の確立及びその運用の円滑化に関する事務」となった。いずれにしろ文化部の所轄するところは、きわめて広範囲で政治・経済に属さない部門の全部を対象としていると言ってよいだろう。要するに広汎な分野で各々の強力な組織を作り、これをさらに総合統一して共同の国家目的に結びつけることをもって存在理由としたのである。この文化部の創設と軌を同じくして全国的に展開されることになった地方文化運動は、文字通り大政翼賛会文化部の提唱によるものであった。なにゆえ地方が、ことさらに問題視されるに至ったかと云えば「支那事変の処理から大東亜共栄圏の確立という風に発展してきた日本民族の理想を顕現するためには、何を措いても、地方の実力を養うよりほかにはないという結論」（上泉、前掲書）を支配層が共通の認識としたことによるわけだが、岸田は、その意義を次のように説いている。いささか長くなるけれども地方文化運動という形で進められた文化翼賛の意義を最大公約数的に述べたものであり、そのまま引用してみる。

「一、二年来、全国各地に、いわゆる地方文化運動というものが起っています。これも翼賛会文化部の提唱に呼応して、郷土理想化を目標とする新しい国民運動なのでありますが、これは地方文化というものをわが国の伝統の基礎として、堅実に豊かに急速に発展させねばならぬ時代の要求を反映したものであります。

従って、地方生活のあらゆる分野に亘って、その長所を伸ばし、弱点を補い、郷土愛の精神を拡大して、祖国への奉仕に通じさせる戦時国民生活の強化運動とも見做されるべきものでありまして、そのために、地方のある一定地域に在住する文化職域の人々、並に文化問題に熱意を有する人々の一致協力によって、努めて総合的な角度から、運動の企画と実践が行なわれなければならないのであります」（『力としての文化』、河出書房刊、昭和十八年）。

岸田は文化部長として在任した一年九ヶ月の間というもの、草鞋ばきの全国行脚よろしく右のような趣旨をくり返しくり返し説いて廻ったのである。

ところで岸田個人の目論見というだけではなく、翼賛運動全体の究極的な目的が国民的基盤をもつ運動を回路として国家目的へつながるという点にあってみれば、自発的・散発的に誕生する各地の文化運動団体について一定の方向づけをすることで効率をあげる必要があった。このため文化部ではパンフレットの類を発行したりして指導力の発揮につとめた。たとえば「大政翼賛会文化部基本方針」と「実践要項」に準拠しつつ「地方文化再建設の根本理念とその方策」や「地方文化新建設に関する当面の方策」などをたてつづけに公表し、そこに提示した線に沿って文化職域が国家に奉仕すべく臣民道の実践に当ることを求めたのであった。しかしながら大熊信行が一連の翼賛会発行のパンフについて「原理的なもの、理論的なもの、体系的なもの」からは程遠く「御世辞にも精神のこもった宣伝の類」とは云い難いと評した（「文化運動と思想運動」・『国家科学への道』所収、東京堂刊、昭和十六年）ことからもうかがわれるように、たぶんに場当り的な、あるいは岸田の思いつきに流れた面がなかったと云えなくはない。加えて、翼賛会に反対する勢力から常に攻撃の矢面に立たされたのが文化部であったし、そのため翼賛会内部においても安定した位置づけがなされず（発足当初、文化部は企画局に属し、昭和十六年四月の改組では組織局に、そして昭和十七年六月の改組では実践局に属したのであった）、そうした諸条件が重なって草の根で、それなりに真剣に取り組んでいた活動家たちに不満や不信を与えるようなことがあったであろうことも想像に難くない。この点について云えば、以下に述べるごとく誠実なオルガナイザーであった火野葦平の場合も、同様の感想を抱いていたようで「中央に於ける翼賛会文化部は、このときにあたって、いまだ、地方に於ける文化運動の性格をはっきりと把握し、これをひとつの方法によって統合し推進させてゆくだけの強力な指導力を発揮するまでには、いたっていない」(「地方文化運動の進路」・『百日紅』所収、新声閣刊、昭和十六年)と述べている。しかし、火野は時として、こうした焦立ちをもちながらも中央文化部に対する全幅の信頼を表明しつづけた。たとえば岸田の文化部長就任に際して火野は「非常に明るい気持になり、期待と希望」(「地方文化運動の進路」)を岸田に託し、また第一次改組でひきつづき岸田・上泉がポストにとどまったことについて「私たち地方文化人にとっては、うれしいことであった」(火野「北九州文化連盟」、前掲書所収)との受けとめかたを表明したのであった。

ところで火野は、特に昭和十六年から十七年にかけて単に北九州のみならず九州・山口一円を股に掛けて翼賛地方文化運動の組織化のために奔走し、この方面でも精力的に筆をとっている。それらは主として『百日紅』(前掲)『珊瑚礁』(東峰書房刊、昭和十七年)に収録されているけれども、いま、ざっと彼が地方文化運動に関して言及した文章を挙げれば、すでに引用した「地方文化運動の進路」「北九州文化連盟」のほか「文化運動余談」「地方文化委員会に関連して」「長崎のことなど」「文化人の決意」「雄渾の構想」「全九州文化協議会」などがあり、ほかに新聞・ラジオなどを通じても発言している。これらを読むと先にも述べたように、いかに火野が中央文化部を信頼し、そこから発せられる翼賛文化運動の理念や方向に忠実な活動家であったかが、よく理解される。当時の日本人の思想の翼賛運動の参加度にみられる積極性・消極性あるいは反撥性といった側面から腑分けするならば、火野が、そのどれに属するかは明白だ。ならば時局下の文化運動について彼が、どのような基本的な姿勢の持主であったか。彼は「文化運動は国民運動でなければならぬ。したがって、その組織は国民的でなければならぬ。国民の生活に根ざしたところから溢れたつように盛りあがって来たものでなければならぬ」(「地方文化運動の進路」)と述べ、あるいは「私たちが文化運動をするときには、生活と文化とをしっかりと結びあわせる新生活運動でなければならぬ」(「北九州文化連盟」)と、その考えるところを披瀝している。こうした火野の意見は、そっくり、岸田が「文化の新体制」などで飽くことなく説いていたことの口移しとでも云い得るものであったが、自らは、あたかも国家理念を手中におさめたかのような立場から、ねばならぬの連鎖で人をして翼賛への道に馳り立てようとする火野の言説を人びとは、どのような思いで当時読んだであろうか。

すくなくとも、いま、火野の文学作品の平易な語り口を知っている読者が、この時期に書かれた一連の時務的文章に接するならば、ほとんど説諭口調で貫ぬかれた抽象言辞の連なりにいぶかしさを覚えずにはいられないだろう。一言で云えば「いかなる運動の中にも決戦の覚悟という主題が常に織りこまれなくてはならぬ」(「全九州文化協議会」・『珊瑚礁』所収)と自ら説くだけのことはあって、あの時期特有のリズムや力感に支配されたものばかりである。

三

さて、ところで北九州における翼賛文化運動の実践中核体として北九州文化連盟が結成されたのは、昭和十六年三月三十日のことであった。すでに前年より、この地域の文化人仲間の間では機会あるごとに、何らかの形で〈職分奉公〉を果そうということが話題になっていたらしいのだが、火野の言によれば「実践運動として成果あらしめるためには組織の問題があらためて討議され、そうたやすいことではないという感じ」(「北九州文化連盟」)もあって、その実現にはしばしの時間を要した。ここに、火野の云う「組織の問題」を彼自身の発言に即して敷衍すれば次のようである。「私たちは実践的な活動力が規定されるのは、職能的な専門部面が強力に発揮されてはじめて可能であるということを最初から信じてきた。そこで私たちは文化団体組織は原則として職能組織が下部組織とならなければならぬということを組織を形成する当初から主張してきた」(「全九州文化協議会」・『珊瑚礁』所収)。実際、文化運動を推進する実践主体としての文化団体組織化に関して、以上のような方法論をもってすべしとする主張は翼賛文化運動の中心的なオルガナイザーであった火野が最も執着した点であった。その作風を評して「底知れぬ和解者」(岩上順一「愛情の圏環——火野葦平について」・『文学の主体』所収、桃蹊書房刊、昭和十七年)とされた火野にしてはめずらしく、文化運動のすすめかたをめぐって誰彼との対立をも回避せず、あえて持論を曲げようとはしなかった。

当時、文化団体の組織化の実態は形式における自発的な結成という面が保障されていたこともあって、その結成方法がまちまちであったことは先にも述べたとおりである。たとえば個人加盟をもって組織されたもの、団体加盟の連合体組織のもの、そして両者を組み合わせたもの、など……。それぞれの形を選択する際の考え方としては個人加盟の場合、自らその運動に挺身しようとする自覚と情熱をもつ、いわば同志組織こそふさわしいのだ、とするものであり、また団体加盟は火野の主張が示唆するように何びとも各職域を通じて奉仕すべきであって、そのためには文化職能人を洩れなく結集させるべきだという考え方に基いている。ちなみに『文芸年鑑』(皇紀二千六百三年版)の翼賛文化団体一覧によれば福岡県内に十三の文化団体があったけれども、個人加盟は直方地方文化会と田川文化会であり、北九州文化連盟をはじめ六団体が団体加盟で、両者の混合が久留米文化会、残り四団体については構成が記されていないため不明である。

それはともかく、相対立する見解のなかで火野が明らかにしている、ひとつの立場性については後述するとして、さしあたり話を北九州文化連盟に絞りたい。

北九州文化連盟の結成にいたる過程は、言うならば火野の持論を忠実に辿ったものであって、まず各文化部門の団体がひとつずつ結成され、それをもって北九州文化連盟へと鳩合していった。戦時下の北九州という限られた時期の一地域にあって草の根の文化活動には、どのようなものがあり、どのような人びとが関わっていたのか、こうしたことは時の流れと共にすべて忘れ去られてゆく。そこで本小稿のような性質の一文で、たとえ半ば官製的な団体ではあったと云え、労をいとわず北九州文化連盟を構成した諸団体について書きとめておくことも無駄ではないと思われる。以下、火野が『文芸春秋』昭和十六年六月号に寄稿した報告文「北九州文化連盟について」（のちに『百日紅』に収録）より紹介しておく。

（一）　北九州美術連盟

翼賛文化運動の戦列に加わるべく北九州の文化団体として、まず最初に旗上げしたのがこの団体で、結成の機運を醸成するについては門司出身の柳瀬正夢の提言によるところが大きかった。小倉で活動していた蒼樹社の星野順一に柳瀬が強力な絵画団体の結成を勧め、星野が門司紀々会や八幡の北斗社の賛同を得て昭和十六年一月十九日に発会式を挙げた。メンバーは星野のほか浜田方一、林豊、多田一義、横山群らであった。

（二）　北九州文学者会

北九州に在住する我孫子毅、岩下俊作、小倉龍男、新樹光子、火野葦平、劉寒吉らの会で主に『九州文学』の同人が多かったようだが、若い書き手たちの参加も得て三月五日に発会式を挙げた。

（三）　北九州詩人連盟

それぞれに詩誌を持ち合っていた東潤、宮崎幽、桑原圭介、黒田従節、越智弾政らが集まり三月九日に発会式を挙げた。

（四）　北九州児童文化協会

阿南哲朗、大塚美鳥、松村茂、下田勲、増田亘など紙芝居、人形劇、童話などの分野で活動していた人たちの会で三月七日に発会式を挙げた。

（五）　北九州俳句作家協会

北九州では各流派の俳句誌を合同して『俳句文学』という部厚な月刊誌を発行していたが、これには左部赤城子、横山白虹、安武斗柄、久保晴、松延功らが会員として名を連ねていた。

（六）　北九州歌人会

以前にあった関門北九州歌人会を発展的に解消し、新たに『創作』、若松三四会の参加を得て北九州歌人会が誕生した。老川潮、山中茂樹、辻奥茂、松井信一らを、その会員とした。

（七）　北九州演劇文化協会

戦前、北九州では演劇運動が盛況を呈していたが、その立役者であった河原重巳を中心とした演劇研究家の集まりであり、三月二十七日に発会式を挙げた。

（八）　北九州仏教文化協会

仏教報国実践強化のため、街頭に出なければと、青年僧侶たちの間に作られた集まりであり徳永敏雄、岩松蓮馨、藤谷琢美、黒田得玄らによって三月二十七日に結成式を挙げた。

（九）　北九州華道協会

植田瑞穂、秋月草月、岩間良潮、占部豊水らが集まり三月二十八日に結成式を挙げた。

（十）　北九州映画文化協会

その昔、東亜キネマ、新興キネマの監督だった古海卓二を中心とする映画同好者たちの集まりで、ほかに中村泰蔵、鶴岡功、鍛治義幸らと共に三月二十九日に結成式を挙げた。

（十一）　北九州舞踊家協会

各地にある舞踊家団体の大同団結で黒田晴嵐、神崎博志、白井洋、石黒三郎らにより五月二日に結成式を挙げた。
（十二）　北九州音楽家連盟
九州吹奏楽連盟、小倉陸軍造兵廠第三音楽部、小倉管絃楽団、門司音楽研究会などの諸団体により五月五日に結成式を挙げた。
（十三）　北九州民俗研究会
小倉郷土会の曽田共助らによって結成。

ざっと、いま紹介したような団体によって北九州文化連盟は構成されていたが、時間的に云えば、みられるように文化連盟の発足前に結成されていたものもあれば、それ以後のものもある。

北九州文化連盟結成のための準備委員会は昭和十六年三月十一日に、それまで結成されていた各文化団体の代表者が集まって開かれた。その間には中央文化部より岸田・上泉をはじめとする担当者たちが再三にわたって西下し強力なオルグ活動が展開され、あるいは地元からも火野をはじめ主だった人びとが中央文化部を足しげく訪れては様々な指示や示唆を得ている。そして、三月三十日、小倉市公会堂において北九州文化連盟の結成式が行なわれたのである。ちなみに他市における文化団体結成の模様を記しておけば同じ三月に熊本県文化協会、佐世保文化連盟が結成され、五月に入ると諫早、長崎の文化協会が相次いで結成式を挙げ、さらに五月二十五日には北九州文化連盟に呼応する形で福岡文化連盟が高木市之助を代表として誕生した。

さて、北九州文化連盟の第一回常任幹事会が四月七日、小倉の西蓮寺で開かれ、席上、それが掲げる綱領と発足にあたっての宣言が決定されたのである。

宣言は述べる。「支那事変を契機として澎湃として巻きおこった国民運動の波のなかに、いまや国民は一人残らず起ちあがるべきである。この国民運動を支えていく力は……沸騰する愛国の志である。……愛する郷土北九州文化のため、その力を一にして効果を大ならしめ、全土を掩う国民運動の波のなかに、我々は、ここに北九州文化連盟を結成し、国を愛する我々の誠実と責任とを惜しみなく傾けるものである」と。翼賛文化運動に乗り出すべく北九州文化連盟が何を志向したか、それは、この宣言に述べられているとおりだが、では「誠実と責任とを惜しみなく傾ける」ことで彼らは具体的になにをなそうとしたのか。それは五項目の綱領に集約されている。すなわち（一）「我等ハ力アル翼賛文化ノ建設ヲ目指ス」、（二）「北九州ニ即セル新生活運動ヲ展開ス」、（三）「良キ民俗生活ノ復興ヲ図ル」、（四）「美シキ情操ヲ育テル一切ノ運動ヲ提起ス」、（五）「国民ノ文化的方向ヲシテ祖国ノ運命ニ合致セシムルコトヲ期ス」が、それであるが、これらの綱領を受けて提起された実践案件は多岐にわたっており、実に二十三項目が箇条的に挙げられている。その実践案件は概ね当時の翼賛文化運動が掲げていたことと大差ないものである。翼賛文化運動が建前として国民の自発的な協力を喚起することを眼目とし、また日本の特殊性を誇張していたこともあって、当然、各地の文化運動も、その文脈に沿った実践を心掛けたようであるが、この種の運動を鳥瞰する位置にあった上泉は、その概況を次のように報告している。

すなわち「地方行事の研究調査、伝統、方言、民謡等の収集記録、民芸民俗、郷土史、名勝、史蹟、地方美術の研究、隣組常会への文化財の持込み、文化各部門による工場、学校、農村への直接指導、良書の推薦とその普及運動、礼法、交通、言語などの公徳運動、勤労奉仕、生活の科学化、共同化運動」(「地方文化運動の概況」・『文化の様相』所収)などが全国の地方文化運動にみられた共通の実践内容であったという。みられるように、これを大別すれば郷土の理想化と生活文化向上のための実践が各文化団体による翼賛運動の旗じるしであったと言うことができるが、北九州文化連盟が掲げた二十三項目の実践案件も上泉が挙げた運動の内容を網羅しており、とりたてて独自のものがあったわけではない。そうしたなかで北九州文化連盟がとりあげた四番目の項目「隣組の歌改作の必要」だけを、ここでは紹介しておく。「隣組の歌」とは、当時流行した例のトントントンカラリと隣組……という歌のことだが、火野の言によれば隣保班意識を普及せしめる初期においては、あれでもよかったが、いまとなっては歌詞も低俗浮調子であって国家意識への高まりがみられないというわけだ。そこで北九州詩人連盟が作詞、音楽家連盟の作曲により「新興隣組の歌」を実際にレコード録音までしたそうだが、残念ながら、わたくしはその歌詞を確認していない。

ところで戦争体制が高度国防国家という新たな到達段階を迎えたことにより、国民生活の全面的な組織化と強制的同質化を必須とする状況となったわけであるが、ここに記したような文化翼賛を掲げた地方文化団体の実践が、働きかけの対象とされた民衆にとって、いかなる意義をもっていたかと云えば、それは一目瞭然のことであった。すなわち、くり返すように地方翼賛文化運動が一定の自発性に基づくものであったということは事実なのだが、その自発性たるや民衆の日常生活レベルにおける私的領域を確保するために発揮されたのではなしに、国家的な価値理念によって生活感情までも含めた私的領域を全的に物質化し捕縄するためになされた下からの努力であった。

四

これまで、わたくしは時局に対応すべく北九州文化連盟という形で結実した文化運動団体の編成過程をみてきたわけだが、次に、この過程を主体的に押しすすめた人びとが社会的にいかなる役割を果していたのかという点について若干の言及をしたい。

火野は文化翼賛の道を求めて地方文化人が起ちあがるのは自明の理だと説いたうえで、さらに次のように述べている。

「自分の力の貧しさをいたずらにかこっている場合ではないと思う。私たちは指導者であるとか、先覚者であるとかいうような傲慢な意識をもって文化運動をはじめたのではない。一国民として、祖国の前進に協力する謙虚な動機をもって起ったのである。私たちは、ただ、そのことによって国を愛する情熱と誠実を傾けるにすぎないのだ」(「地方文化運動の進路」)。

この発言をとおして、わたくしたちは火野が、どのような構えで翼賛文化運動に関わろうとしたかを知ることができる。一応、そのことを了解したうえで、なお、わたくしが提起しておきたい問題は、なるほど、その動機において火野だけではなく周辺の地方文化人と称される人びとが「謙虚」に自らの生きるべき道を模索したのであったとしても、しかし、彼らの言動が地域共同体の中で発せられる時、いかなる役割を担ったであろうか、という点についてである。北九州文化連盟が掲げた二十三項目にわたる実践案件は、云ってみれば箸のあげおろしにも祖国の運命に殉ずる覚悟が貫通していなければならぬとするものであって、こうした日常生活の次元での意識統合をめざした運動が彼ら自身の自己確認をすすめるという面と、それが文化運動という限りで当然のことながら地域共同体への働きかけを志向するという面を併せもつものであったということは云うまでもない。換言すれば運動という側面からみれば、火野の否定にもかかわらず、地域共同体において時局精神を体現しつつ合意形成に奔走する人びとの〈指導者・先覚者〉性は否めず、彼らによって企画された運動の実際的な意味は時局の要請を地域において積極的に受容すべく、観念的・傍観的態度を払拭し、特定の価値理念に基づく行動への参加を呼びかけるものであった。

こころみに北九州文化連盟の最高意思決定機関として設置された常任幹事会のメンバーを挙げれば、幹事長のポストにあった火野のほか、それぞれの団体から劉寒吉（北九州文学者会）、東潤（北九州詩人会）、老川潮（北九州歌人会）、星野順一（北九州美術連盟）、左部赤城子（北九州俳句作家協会）、阿南哲朗（北九州児童文化協会）、植田瑞穂（北九州華道協会）、古海卓二（北九州映画文化協会）、徳永敏雄（北九州仏教文化協会）らが顔をそろえていた。皆が「いたずらに抽象的な理論を弄んでいる時期はすぎているのであって、国の運命に殉ずる決意と責任とのほかに、なにがあるわけではない」(「地方文化委員会に関連し」・『百日紅』所収)とする時局情勢下の共通認識をもって文化連盟の活動は企画されたのであるが、かかる地方翼賛文化運動が日本ファッシズムの運動領域を支える構成部分であったことを想起する時、わたくしは、いきおい、これらの運動の担い手に関する丸山真男の指摘を思い浮かべざるを得ない。

丸山の教示によれば翼賛体制の主な担い手は社会的中間層であったとされるが、彼は、さらに、この層を「小工場主、町工場主の親方、小売商店の店主、学校教員、村役場の吏員、役員、その他一般の下級官吏、僧侶、神官」および「都市におけるサラリーマン階級、いわゆる文化人乃至ジャーナリスト、その他自由知識職業者」のふたつの社会層に腑分けしたうえで、わが国の場合、まさに前者の部分が起動力としての基盤を形成していたと述べている(「日本ファッシズムの思想と運動」・『現代政治の思想と行動』所収、未来社刊、昭和三十九年)。北九州文化連盟の常任幹事たちの職業をいちいち詳らかにすることもないであろうが、彼らの殆んどが自営業者、中学教諭、市役所保健課長、会社員、僧侶など文句なしに第一の社会層に属する職業従事者であったという事実だけは明らかにしておきたい。わが国の政治社会機構からすれば、彼らにしたところで明らかに被支配層としてのコンプレックスをもたざるを得ない境遇にありながら、そこはそこ、日本社会の家父長的構造のしからしむるところ、その依拠するグループのメンバーである「店員、番頭、労働者、職人、土方、傭人、小作人等一般の下僚に対して家長的な権威をもって臨む」(丸山、前掲)ことのできる立場にあったわけだ。多分にこうした意識構造に規定された人びとによって担われた地方翼賛文化運動が上からのイデオロギー的教化を取次ぐ回路として機能したということは云えるだろう。いずれにしろ、ここで述べたように、それなりの小宇宙において一定の小天皇的な権威をもち得た生活者たちが、いかに彼ら諸個人の動機における「謙虚」さを表明したところで、彼らが地方文化人の鑑札をもって従事した翼賛文化運動が果した役割は、もとより、その枠を越えるものであった。すなわち、あからさまに私見を述べておけば、翼賛文化運動の基本性格が疑似自発性の喚起による民衆動員という点にあったとしても、シグナルの発信を受けとめ、取次ぎ、草の根におろし、再度、世論の合意を調達する位置にあった地方文化人の任務は共同体的秩序の構造的特質の頂点に位する小ボスとして官僚制支配の支柱的役割を担いながら草の根に網の目をかぶせていくことにあったと言えるのではないか。

翼賛運動が小役人根性をもった民衆を数多く育てあげたことは、つとに指摘されるところであり、また軍隊の内務班的な秩序が市民間にも還流して、いたるところに下士官的〈愛国者〉を輩出させたこの時期に、こうした一種の時局便乗のお先棒をかついだのが町会、隣組、警防団、婦人会という民間組織であったことも、よく知られたことだ。地方翼賛文化団体が果した役割も基本的には、これら民間組織と何らかわるものではなく、主観的にはどうであったにしろ、体よく補助的な官僚機構に仕立てあげられて「熱心に且つ自発的に騙す側に協力」(伊丹万作「戦争責任者の問題」)したと断じられても、これを否定することはできないだろう。以上、述べたごとき客観的な役割を知ってか知らずか、北九州文化連盟は、いまや「方向が正しいということは、もはや、正しいこととして取りあげる価値すらなくなったのだ」（「北九州文化連盟について」、前掲）という認識のもと中央文化部の方針を挺して旺盛な実践活動をくり拡げ、その活動の目ざましさは大政翼賛会実践局文化部員・川原砂雄の筆になる「地方翼賛文化団体の概況」（『文芸年鑑』皇紀二千六百三年版）において「この地方では北九州文化連盟が特に異彩を放ち全国にさきがけている」と評されている。実際、火野らによって領導された北九州文化連盟は、その整備された職能組織と各方面にわたる活潑な活動において出色のものであり、九州の翼賛文化運動の核的な存在であった。そうした評価を受け入れたうえで、わたくしが問題としたいのは、かつて北九州文化連盟を支えた多くの人びとが舞台の一転した戦後も生き延び、そして地方文化について無視し得ない発言権と影響圏を持続しているけれども、彼らが自らの戦時下における活動の様をどのようにとらえ直したであろうか、という点についてである。わたくしたちがいまなお心中どこかに国民的科学・国民文学・国民文化あるいは地方文化という言葉に対して、ある種のためらいを覚えるのは、これらの言葉をかつぎ廻った部分からいためつけられたといった歴史的な体験に根差しているのである。「国民という言葉をにがい気持なしに使い得るためには、この言葉を使う私たちが、自発的に、自分たちの戦争責任をはっきりさせることが必要である」（鶴見俊輔「国民文化論」・『不定型の思想』所収、文芸春秋刊、昭和四十三年）という文言が、翼賛文化運動にかつて従事した人びとにとって無縁のものだとは思われない。いずれ、日本ファッシズムが崩壊した八・一五以後に彼らがいかなる自己剔抉のための作業をなしたか、という点について別稿で検討を加える予定であるが、とりあえず、ここでは戦時下の翼賛地方文化運動が果したイデオロギー教化のための役割について批判的な総括をしておかないことには、またしても地方文化人たちが〈騙す側〉に立つ事態が生じないとは決して言えないであろうという、わたくしの考えを示すにとどめる。なお、この点に関連して言えば視角のちがいはあるけれども、わたくしは火野葦平の戦争責任意識について、すでに覚書風に「火野葦平と戦後の出発」（『思想の科学』昭和四十八年六月号）と題して一考している。

五

以上、わたくしは時代状況の坩堝のなかで地方翼賛文化運動団体が果した役割を、いささか短絡的に述べたが、しかし、この種の運動に関わった一人びとりの内的思念に一歩踏み込めば、それは一様ではなかったと言うべきであり、火野葦平にしたところで時代精神との間に寸分の隙もないほど協和しているわけではない。先に翼賛文化運動のすすめかたをめぐって、火野が自らの主張を譲ることなく論争を構え、そのことが一定の立場性を意味する結果になったと、わたくしは述べた。最後に、この点について若干の考察をなし小稿を閉じることにしたい。

火野が翼賛文化運動の実践方向として、なにはさておき下から盛りあがったものを基礎としなければならぬ、とする主張の持主であったことは再三にわたって述べてきたとおりである。火野の、こうした持論に照らす時、九州文化協会の発足（昭和十六年一月十九日）は全く、その筋道をわきまえぬものであった。すなわち九州文化協会の「方向は正しく、その点には何等疑義はないが、ただ方法に根本的な意見の相違がある」(「地方文化運動の進路」)として、彼は会長のポストについた福岡日日新聞文芸部長の黒田静男を激しく難じた。以前からの文学仲間であった黒田に対して個人的な対立感情をもっているわけではないが、と断わりつつ火野は、まず各文化部門の組織が個別的にでき、それが集まって地方文化連盟ができ、そのいくつかの地方組織が集まって県単位のものを作り、県単位のものが集まって初めて全九州の統合組織が結成されるものと思っていたのに、いちばん最後にできるべきと考えていた全九州文化連盟と同じ性格をもつと思われるものが、つまり九州文化協会が県単位のものもできないうちに結成されたことを口調激しく批判した。火野にしてみれば、このような組織化の転倒した過程にかてて加えて、彼が全く関知しないうちに勝手に宣伝部長の肩書をつけられたりしたこともあって、この団体には決定的な不信感を持ったようである。

だが、黒田との対立の底流には、火野が述べたごとく単なる技術的な問題のみとは考えられない、より基本的な点での対立があったのではないか。すなわち、それは時局認識の相違あるいは文学観の相違とでもいうものである。たとえば『九州文学』昭和十六年一月号に寄せている両者の文章から、端的に、この点をうかがうことができるようだ。同誌の巻頭言は黒田の筆になるものであり「純粋に文学の域を信念をもって守ろうという一派……かかる徒輩の軽薄が真の文学を毒し、新興の日本文学建設に支障となることがあり得ることを憂える」と、当時の大方の分別をもって苦言を呈している。これに対して火野は後記で「文学者は第一に文学を信じることが必要だ。そうして、初めて、国家に協力し、祖国の道に殉じ新体制の精神を反射することが出来る」と、黒田の言う軽薄派にふさわしい発言をしている。こうした鋭い鞘当てを抜きにして九州文化協会と火野との悶着を解することはできないと思う。戦時下における火野の軌跡をみる時、彼はなしくずし的に姿態転換をとげていったが、すくなくとも、この時点においては一定の冷静さを失なっていないことが確認できる。この冷静さは翼賛運動が醸し出している全体的な雰囲気に対しても向けられており、一見、自他を振い立たせるように運動の戦列に加わることを説いて廻った火野にしては、いささか意外の感がしないわけではない。すなわち火野は大政翼賛会の官僚的な体質や翼賛運動にひそんでいる事大主義的な傾向に対して厳しい眼を向けている。たとえば「単に官庁の役目についているために、自分より有為にして才能ある人物を目下に見る弊のあること」に賛成し難い旨を公言し、また「文化団体は国のために誠実を傾けているのであって、翼賛会に従属し、翼賛会の命によって進退を決せられるわけではない」として、国民組織による国民運動という建前のもとに出発した翼賛運動が官僚主導型で進められるという事態に彼は受け入れ難い感じを抱いていたようである。あるいは「有名人とか、大学の先生とか、社会的地位とか年齢とかいうようなものに対する従来からの考え方が、現情勢下における文化運動を阻害している傾向が少なくない」というのが火野の言い分であった。もっとも、ここに言う彼の冷静さにしたところで、それは所詮翼賛派というコップの中での相対性であって、この点火野の立場を過度に評価することは適当でない。にもかかわらず、わたくしが、あえて彼の相対的な立場性について言及したのは、少くとも火野によって示された立場性も、また、あの時期の錯綜した思想状況にリアリティを付与する構成要素として無視できないと思ったからである。

ことのついでに、わたくしは、いまひとつ開戦直後に催された全九州文化協議会に関する火野の報告文（「全九州文化協議会」、前掲所収）をとおして、時局の急激な変化のなかで、なお彼がとどまっている地点を紹介しておこう。

全九州文化協議会は、いまも述べたように開戦直後の昭和十六年十二月二十日、福岡県庁会議室において岸田文化部長らの出席も得て「米英撃滅文化翼賛九州大会」と銘打ち開かれたのである。この地区ブロック別の文化協議会は中央文化部の肝煎りで企画されたものであったが、これは、まず体制づくりが最も整っていた東北地区の協議会を嚆矢とし、次に四国地方、九州地方の順で開催された。さて、その全九州文化協議会であるが、当初、三日間の討議日程が組まれていたにもかかわらず、実際には予定を変更して一日で切り上げられたのである。火野は、この点をとらえて「こういう決戦下であればこそ……はるばる費用と時間とを使って、各県から、全九州の文化人が集まり議案の討議もせず米英を撃滅せよ、というような気勢をあげるだけでよいものであろうか」と、開戦と同時に世を挙げて巻きおこった烈しい戦争ヒステリーの心的状態を、そのまま会の運営のなかにもち込んだようなやりかたに疑問を投げかけている。時局への対応形態として、いずれ、こうした観念的な気勢を挙げる部分が主導的に世論を形成することになるわけだが、火野は他の個所においても、このような気勢派に対して一矢を報いている。すなわち「米英撃滅をいい、撃ちてしやまむをとなえるも、それはいたずらにけたたましい呼号にあるわけではなく、また、動物ももっているような粗暴な戦闘精神にあるのでもない。日本人たるの自覚と、皇国日本の比類なき歴史への信頼とによってしずかに胸奥にわいて来る愛国の熱情が、うちにひそみ、たぎり、こんこんと泉のごとく発してくる誇りでなければならない」(「歴史への責任」・『戦列の言葉』所収、二見書房刊、昭和十八年)と説いたのであった。翼賛への道を信じている限りでは気勢派と住む世界を共有しながら、しかし、かくのごとく説いてみせる火野の心情と、彼をとりまく状況との間には確かな溝があったと云うことができるだろう。それは、かつて田中艸太郎が著書『火野葦平論』(五月書房刊)で述べたように庶民の認識段階を抜きん出るほどの思想をもたずじまいであった火野にして〈東亜解放〉という、建前としての聖戦イデオロギーを何ら疑うことなく額面どおり真面目に受け入れ、そうあるべし、と彼自身が思い込んでいたがゆえに引き起された現象と思われる。

もっとも「文学を信ずる」ことを第一義だと説き、絶叫や怒号のみが前面におどり出るような事態に直面し、眉をひそめ、たしなめをもって対処していた火野も、のちにはミイラ取りがミイラになったような発言をするようになる。すなわち二年後の昭和十八年になると『九州文学』三月号の誌上では文学兵器説を唱えるようになり、いまや「殉国の志をおいて、日本人の生きる道はなく、文学の生きる道はない」と、かつて火野の論敵であった黒田静男流の、文学を政治の下僕とすべしとする意見を吐くようになっている。このように火野の軌跡を戦時下のみに限ってみても微妙な転回過程が認められるのであり、それはそれで興味のつきないところであるが、いま、この点に深く立ち入ることはできない。ただ、火野の、こうした軌跡に関連して一言しておけば、いまだ、わが方に利ありの緒戦段階において聖戦イデオロギーの建前を説く余裕のあった者も、破局へと近づく頃になると、その余裕はなくなって理性的思惟を放棄した発言をするようになった、というのが、わが国の文学者を含むインテリゲンチャに共通して認められる行動様式であった。もとより、こうしたことは高度国防と総力戦の要求が社会の万物の活動形態を決定づけ、すべての立場は目標を与えられ、その目標へ向かって転向することが時代の合言葉となり、国民的な普遍的倫理と化したことの具体的なあらわれであったわけだが……。

第五章　『覚書』G項指定と火野葦平

はじめに

十五年戦争下の支配的な価値観の線上で一定の活躍をした人びとは、戦後になって周知のとおりにＧＨＱによる行政措置の対象者となり、また同胞の間からも彼らの責任を問う動きが表面化したりして、いわば挟撃される位置に立たされることになった。そして、そのことのために彼らの多くが心理的なパニック状態を示したことは、わたくしたちにとって容易に推察し得ることであり、たとえば、かつて大日本言論報国会理事の肩書を持っていた大熊信行はワシントンで発表された対日管理政策の要綱が新聞で発表された時、それを「ギクリとする思い」（『告白』）で読んだという。

ところで小稿で論じようとする火野葦平こそは典型的な挟撃対象とされた人物であっただけに、一層の重圧感を自覚するところがあったであろう。火野は公職追放解除後の第一作として書いた『追放者』で「英雄は時代がつくり、そして、つねに時代が交替させるものだ。人間の素質というものは、非常に天才的なものであっても、時代の暴風に勝つことはできない。ただ条件があるばかりだ」と述べている。この感慨は、あの八月十五日という彼が生きた同時代の歴史的な日付を境目として、それ以前と以後にくり拡げられた、わが身をめぐる位置の変転に根差した痛切なそれであったにちがいない。すなわち彼が作家としてデビューし、そして作家的地位を確立した昭和十年代は、まさに時代が設定した「条件」のしからしむるところによって、彼を一躍〈国民的英雄〉に仕立てあげたのである。ところがドラスチックな価値軸の変換をとげた戦場にあって、今度は、まさにかつての〈国民的英雄〉であったがゆえに最も断罪さるべき人物ということになった。歴史の間に浮き沈みする、その形姿は別段、めずらしいものではないと思われるが、それはともかくとして火野に対する十字砲火は、一方はGHQから、そして他方はかつて彼の人気を下支えした国民の側から浴びせられることとなった。小稿の意図は、なかでも前者による有様を跡づけ、かつ彼が、これに対して、どのような応接をこころみたかという点について若干の考察をすることにある。

一

火野をとりまく周囲の風向きは、彼自身にとって「日々が地獄」とも思われるようなものであったが、さしあたり、彼は一目散に家庭へ逃げ帰った。なぜなら「私を鋭いまなざしで批判したり、追放したりしないのは家庭だけであった。卑怯者でいよう。家庭の中へ逃げこむことで、心の傷を医すより、今は方法がない」(『追放者』)というのが彼の判断としてあったからである。しかしながら、実際には、そのことで心の平安を得られたわけではなく、追放指定前の定まらない宙ぶらりんの状態は、あれを思い、これに悩む火野にとって耐え難い待機の期間であった。この時期の揺れ動く心の振り幅を彼は『追放者』の随所に書き記しているが、つまるところ、それは、すべて「正直、追放にはなりたくない」の一心であった。

こうした火野の焦燥をよそに文筆家を対象とする公職追放(G項指定)が具体的な日程にのぼったのは昭和二十三(一九四八)年のことであり、他の条項該当者の追放が矢継ぎ早にすすめられたのとは、かなり事情を異にしている。それというのもH・ベアワルドの労作『指導者追放』が明らかにしているところによれば、当初、GHQが予定していた追放分野の中に言論報道界は含まれていなかったということなのだ。このような事情のため、文筆家を追放の対象とするか否かという点について容易に意見の対立が解消せず、GHQの不決断のために追放基準の適用は一番最後ということになったわけである。この基本的な争点の背景はポツダム宣言第六項の表現に照らして新聞社・出版社の社主、映画製作責任者、作家、芸術家、学者などは日本国民を欺き、世界征服の挙に誤り導いたのか、どうか、という点の評価に係わっている。ちなみにポツダム宣言第六項は「吾等は、無責任なる軍国主義が世界より駆逐せらるるに至る迄は、平和、安全及正義の新秩序が生じ得ざることを主張するものなるを以て、日本国民を欺瞞し之をして世界征服の挙に出づるの過誤を犯さしめたる者の権力及勢力は、永久に除去せられざるべからず」と規定していた。

いずれにしろ、この問題を検討するための機関として、わざわざ言論特別小委員会なるものを設置したという事実のうちに、GHQが取扱いに苦慮した様をわたくしたちは知ることができるであろう。すなわち、どの機関が、あるいは誰が超国家主義的、熱狂的な愛国主義的排外思想をかき立てるに寄与したかを実質的に決定する仕事が同委員会に課せられたのである。

前後するけれども、ここで一応、文筆家追放に至る文脈をふり返っておこう。

昭和二十一(一九四六)年一月四日日付の『覚書』「公務従事に適せざる者の除去に関する件」の付属書A号「罷免及排除すべき種類」のうち、G項「其の他軍国主義者及極端なる国家主義者」が、まず文筆家に係わる追放規準を示す大枠のカテゴリーとして設定された。そして、このG項には、さらに詳しく三つの条件が明示されたのである。

(一) 軍国主義的政権反対者を攻撃し、又はその逮捕に寄与したる一切の者。

(二) 軍国主義的政権反対者に対し暴行を使嗾し、又は敢行したる一切の者。

(三) 日本の侵略計画に関し政府に於て活潑且重要なる役割を演じたるか、又は言論、著作若しくは行動に依り好戦的国家主義及侵略の活潑なる主唱者たることを明らかにしたる一切の者。

以上三つのうち、いずれかに該当する者が追放の対象者になるとGHQは考えた。とりわけ文筆家に該当する項目があるとすれば、その殆どの場合が、ここに挙げた三つの条件のうち（三）の後段であったろうと思われる。さらに、この『覚書』が示した枠組みは、それから一年後の「昭和二十二年勅令第一号公職に関する就業禁止、退職等に関する勅令の施行に関する命令」（昭和二十二年一月四日、内務省令第一号）において、一層、些細なものとなった。文筆家についていえば学者、新聞記者、雑誌その他の刊行物の執筆者、評論家、その他の文筆家で著述、講義、講演、論文など、言論その他の行動により左のどれかに該当する者が追放対象者とされることになった。

（一）侵略主義若しくは好戦的国家主義を鼓吹し、またはその宣伝に積極的に協力した者および学説を以って大東亜政策、東亜新秩序、その他、これに類似した政策または満州事変・支那事変若しくは日米戦争に理念的基礎を与えた者。
（二）独裁主義またはナチ的若しくはファッシスト的全体主義を鼓吹した者。
（三）日本民族が他の民族の指導者であるとの優越感を鼓吹し、またはその宣伝に積極的に協力した者。
（四）自由主義、反軍国主義等の思想をもつ者を迫害または排斥した者。
（五）以上のいずれにも該当しないが、軍国主義若しくは極端な国家主義を鼓吹した者、またはそのような傾向に迎合した者。

の以上が、それであった。

これを受けて言論特別小委員会では詰めの作業をすすめ、最終的に決定された規準は次のカテゴリーに属する個人あるいは団体という形で特定されることになった。

（一）政府官僚の地位にあって熱狂的愛国主義を目的として思想および言論若しくは宣伝に参画した者。

（二）国会議員であって熱狂的愛国主義をきわめて積極的に支持したことが、その言論著作によって明らかな者。

（三）学者、ジャーナリスト、評論家で対外侵略を鼓吹した者。

（四）新聞社、通信社、図書・雑誌出版社、映画演劇興行会社の主要役員で、その活動が軍国主義的・超国家主義的であることが明らかな者。

以上にみてきた、あれやこれやのカテゴリー設定による苦肉の策はGHQが、いかにすればG項該当者をスッキリした形で特定し得るか、という点について知恵をしぼったためであった。しかし、これらのカテゴリーに沿って実際の判定作業をするとなると、あまりに複雑で抽象的な規準であったため、結局、ひとりひとりについて審査をすすめるより術がないということになった。そうなると、今度は「……が明らかな者」「……を鼓吹した者」「……に迎合した者」「……に協力した者」などという規準と対象個人のつき合わせが難行をきわめることになったのである。他の条項該当者に対する審査が一定の職責に就いていた者、ある地位にあった者など公的事実にもとづいて一律になし得たのにくらべるならば、G項該当者の特定には審査する側の主観による実証が要求されただけに、それは、いきおい手間のかかる作業であったろうことは想像に難くない。そして、それゆえにベアワルドが指摘したように「個人に関する追放の指定は次第に機械的な過程」をたどることになったのである。この点を率直に述べれば手間のかかる実証作業を放棄して、ある個人が規準のどの個所に該当しているか、否か、という、いわば当てはめ作業としてなされたことを意味しているといってもよいだろう。

二

さて、話を火野葦平に戻すが、彼の意に反して昭和二十三（一九四八）年四月二十九日、「文筆・言論その他によって、好戦的国家主義ならびに侵略の積極的代表者たることを示した者」ということで中央公職適否審査委員会により、まず追放仮指定を受けた。彼と相前後して仮指定を受けた作家たちの名を挙げれば尾崎士郎、丹羽文雄、山岡荘八、林房雄、中河与一、石川達三など、暗い時代に勇名を馳せたオピニオン・リーダーたちがちゃんと含まれている。おのずから火野に対する評価もわかろうというものである。

時あたかも、戦後すぐに仲間たちとはじめた有限会社・九州書房の経営が思わしくなく金策のために彼は上京していた。そして、この金策もはかばかしく行かず、なかば茫然として有楽町駅に佇んでいるところに、日劇屋上の電光ニュースが仮指定該当者としてわが名を告げたのを眼にしたのであった。その瞬間に彼が示した生理的反応を次のように書き記している。「私は奇妙な生理的悪感をおぼえながら、下腹をしっかりおさえていた。それは脱糞の衝動に似ていた。（略）私は足の力が抜けてゆくようで、足ぶみをしてみた。膝頭が硬直していた」（『追放者』）と。あの八月十五日の直後には破滅と死とが敗北につづく自分の運命だと思い定め、日本男子らしく、それに従おうと決意を固めていた火野ではあったが、あの電光ニュースにくりかえし登場する自分の名に接した時、彼は「人間の覚悟のたわいなさを、だらしない私はのこりなく証明した」のであった。この時、彼の錯乱した想念となって去来したものは、いったい何であったろうか。今回の措置で自分の作家生命が断たれるのではあるまいか、とする恐れ、理不尽で許せない、とする怒り、過去の生き様に対する自己裁断……。

そうしたことにもまして、人一倍、家族共同体に執着する心情の持主であった火野のことだ。たぶん自分の身の上にふりかかった一大変事のために肉親・妻子が被ることになるであろう困難な状況に対する自責と不安に支配されていたはずである。彼は先に紹介した生理的反応とは別に、収拾のつかない想念のなかを故郷・北九州にいる家族の顔が一挙に妖怪のようなおそろしさで飛び交ったとも記している。『追放者』のこうした個所を読むと、火野は、わが身にふりかかった公職追放を、どこまでも職業人＝公事（パブリック）としてではなく家父＝私事（プライベート）として受けとめたのではなかったかと思われる。

家父たるものの果たすべき使命と義務についての自意識を、彼は家業の玉井組を通じて植えつけられてきたという生活史をもっているわけだし、そうではなくとも人は決定的な悪条件に囲い込まれた時、まず思い浮かべるのが彼の家庭であり、また彼を暖かく受容してくれるのも家庭だということに、わたくしたちが思いをめぐらす時、とりたてて火野の応接ぶりに言及するのは公正さを欠くかもしれない。しかしながら火野とわたくしたちとの関係が、どこまでも作家・火野とのそれであることも、また明らかなことである。それゆえ、家父としての彼が「人間味あふれた」ふるまいをすることは、彼の庇護のもとにあるものたちにとって何よりも頼りがいのある人物として評価されたにしろ、それが、そのまま、わたくしたちのものではあり得ない。

ともあれ、わたくしとしては作家・火野葦平が公職追放という戦後の新しい現実局面に応接した、その仕方に釈然としないものを覚えていることを明言したうえで以下の考察をすすめたいと思う。

追放仮指定を受けた火野は気をとり直して、この措置に対する異議申し立てを公職適否審査委員会に提出すべく書類の作成にとりかかった。仮指定を受けた者は、その仮指定に係わる誤まりがある場合、仮指定を受けた日から三十日以内に異議申立書を内閣総理大臣または都道府県知事を経由して公職適否審査委員会へ提出できる制度があったからである。

この審査委員会は人口五万以上の市、都道府県、そして国と各レベルに設置され、それぞれに付与された権限の範囲内で公職にあるものすべてと公職に就こうとして申請したものの審査、ならびに追放該当者の（仮）指定という作業を行なった。追放仮指定は、当初、内閣総理大臣もしくは都道府県知事が各人に対して該当審査委員会あてに調査票を提示するよう指示することによって実施に移されたけれども、この作業が軌道にのると手続きは、次のように改められた。

（一）もし十分な証拠が公式記録として存在する場合、内閣総理大臣もしくは都道府県知事は調査票を待たずに該当者を追放に指定し得る。

（二）指定を受けた者は自己が反証となり得ると信ずる資料を当該委員会に提出する機会を与えられる。

（三）この反証は指定の日から三十日以内に提出する。

なお各人に対する指定は初期には公式の書留または電報で通告されていたが、あとになると官報にその名簿を記載することで伝達の方法とされた。

ほとんどの仮指定者が「自己が反証となり得ると信ずる資料」があれば、という、この一点に望みをかけて異議申し立てをしたが、このことは審査委員会によって追放該当者とされたものたちが、例外なく自分は非該当者であるという自己認識の持主だったということを物語っている。この現象を通じてわたくしの読みは、こうである。つまりＧＨＱが日本の民主化と非軍事化をすすめるうえで、さしあたり有害と思われる分子を戦後日本の社会から、ひとまず排除し、このような措置の該当者たちに彼らの掲げる理念を身につけさせることで戦後の市民社会を改造しようとした意図からすれば、教育的な意味をこめた排除の効果は当初から期待薄だった、と。もっとも、ＧＨＱの掲げるアングロ・サクソン的な理念を仮指定者たちが明確な意志で拒絶したというよりは、結局、信条体系の異なりのゆえに理解できなかったというべきなのかもしれない。この点については、再度、後述するけれども、ともかく火野は他の該当者と同じく素直な心になって「ただ人々の暖かさにすがって」仮指定の鎖から解き放たれることを切望し、必要な証拠集めに奔走したのであった。身辺敵ばかりと思い、深く身を沈めることだけを考えていた彼は先輩、知人たちの証言を求める過程で、あらためて人の厚意というものに感じ入るところがあった。

ただ、彼に向けられた眼が好意的なものばかりであったわけではない。たとえば、お前さんの坐る席が戦争犯罪人としてのそれ以外にあるものか、とする意見や、にわか民主主義派にカメレオンのような素早い身変わりをとげた連中からする素っ気ない応接ぶりに彼の心は萎えるのであった。かつて彼の『麦と兵隊』の英訳者であるH夫人のあしらいに接した際に、彼はいやというほど自らが置かれている屈辱的な位置を思い知らされたのであった。「弱身にある自分の立場のため、他人の家をまわり、ものを頼み、頭を下げるみじめさに歯をかみたい思いだった。乞食だ。恩恵を期待することの卑しさに、われながら嘔吐をおぼえた」(『追放者』)と彼は書かざるを得なかった。誰の手をわずらわすこともなしに出来る作業であれば申し立て者の焦立ちも稀薄なものとなったであろうが、手続上、第三者の証拠・証言の添付が不可欠とされただけに彼らの自負心を逆撫でするようなことも少なくなかったであろう。わが身のために証言を願う側と、それを与える側の関係性を火野は「乞食だ」と言ったが、こうした屈辱感は多くの異議申し立て者たちのものであったにちがいない。いずれにしろ、このように屈折した心持ちですすめた作業であったが、肝心の申し立ては火野の場合、却下されるところとなり、昭和二十三（一九四八）年五月二十五日付で仮指定は正式の指定に切り替えられた。火野についての、この決定が下される前の五月十五日の『読売新聞』には異議申し立てを認められた岩田豊雄、木村毅、石川達三、丹羽文雄らの追放非該当が報じられている。

火野を正式に追放指定した理由は次のようなものであった。「日華事変以来、同人は戦争に取材せる多数の著述を発表し、世に迎えられたるものであるが、その著作に於て、概ねヒューマニズムの態度を離れなかったとはいえ、『陸軍』『兵隊の地図』『敵将軍』『ヘイタイノウタ』等に於ては日本民族の優越感を強調し、戦争、特に太平洋戦争を是認し、戦意の昂揚に努めており、その影響力は広汎且つ多大であった。以上の理由により同人は軍国主義に迎合して、その宣伝に協力した者と認めざるを得ない」

ここに述べられた追放理由をみたかぎり、火野は『覚書』G項（三）が指定の根拠とされ、さらに昭和二十二（一九四七）年勅令第一号の〈備考〉において文筆家の該当要件とされた（三）項の「日本民族が他の民族の指導者であるとの優越感を鼓吹し、又はその宣伝に協力した者」という文言が、ほぼ、そのまま火野の追放指定理由書のなかに援用されている。ちなみに追放令該当者の総数は二十一万二百八十八名、そのうち言論報道関係者は千二百十六名で全体の〇・五パーセントであり、とりわけ火野を含む文筆家の場合、仮指定をうけたものは三百三十一名であったが、実際に追放を受けたものは二百八十六名であった。

三

追放仮指定から逃れるべく、必死の思いで自らの弁明につとめた火野であったが、いまみたごとく意に反して却下され追放指定の身となったことは彼にとって相当なダメージであった。追放者という烙印をおされた息子を案ずる父母は嘆き、そして妻子は涙するばかりであった。親思いの息子として、あるいは家族共同体の屋台骨として何をなすべきか、深く自知するところのあった彼には、あろうことか自分が原因者となって家族のものに対社会的な圧迫や辛酸を味あわせるということは実に堪え難いことであった。考えてみれば、戦後、火野や彼の家族が受けとめることを強いられた冷ややかな視線と疎外感は、戦前の〈国賊〉と呼ばれた人や、その家族の人びとのものと同質のものであったにちがいない。そこで、わたくしは思う。追放該当者の子供ということで、わが子につらくあたる社会の眼に対し、火野は「子供たちに、なんの罪があるだろうか」と叫んでいる。その時、かつて――彼が〈国民的英雄〉であった頃、その対極の生き方を選んだ親の子供たちに対する彼のまなざしは、どうであったろうか、と。おそらく人情味ゆたかなモラリストであった彼のことだから親と子供の区別はしていたかもしれないが……。たとえば「売国奴の家族は、ひっそりと鳴りをひそめていても、世間は許してくれなかった。ぼくの操行や教練の点数は赤字すれすれまで下り、妹は「スパイの子」とはやしたてられて毎日泣いて帰った」(尾崎秀樹『生きているユダ』)、そうした子供たちの境遇について〈国民的英雄〉が「子供たちに、なんの罪があるだろうか」と、わが子のために叫んだと同じ叫びを発し、眉をひそめて周囲のものたちに何ごとかを語るということが全く考えられなかったわけではないだろう。もっとも、この点について、わたくしは何ら根拠をもって、そうした推察をしているわけではないのだが。

さて、追放の身の上となった火野その人にまた戻るわけだが、個人的には困難な状況に立ち至ったとはいえ、作家生活の維持という点からすれば、追放指定という事実も直接的な制約を受けるものではなかった。以下、追放指定を受けたものたちの身の上に、どのような社会生活を営むうえでの波紋が生じたか、簡単に述べておく。

「公職に関する就職禁止、退職等に関する勅令」は該当者の退職と旧勤務先への出入り禁止、または就業禁止を規定していたが、この規定に関連して三親等以内の親族および配偶者も十年間は公職に就くことが許されないとされた。また恩給、年金その他の手当を受給する権利も、この勅令によって剥奪されることとなったのである。もっとも、こうした規定が有効性をもち得たのは、文字通り具体的なポストに就いていた公職従事者の場合であって火野らのように文筆家におよぶものではなかった。ならば火野の場合、どういう影響が認められたか。「或る出版社と約束していた選集出版が、すっかり編纂が終っているのに保留になるし、門司鉄道局が嘱託として全線二等のパスを発行してくれるということも沙汰止みとなった。新聞小説や映画の話も立ち消えとなり、単行本の出版も見あわせられた」りしたという。なかにはGHQによる直接の介入があったかもしれないが、ここで彼が述べていることは、たぶん追放者とかかわりをもつことでGHQから睨まれることを警戒した第三者の自制のしからしむるところではなかったろうか。または文筆家とGHQとの関係にしても、彼らの方針に抵触しなければペンの自由は認められていたわけで、別段、該当者に対して一律に執筆禁止の措置がとられたりしたのではなかった。だから火野の「私のペンは鎖でつながれた」ものであるという発言にしても、それは戦前の治安維持法体制下にプロレタリア作家をつないだ鎖とは異質のものなのだ。GHQの措置を手ぬるいとして、文筆家の追放は公職に就くことを禁ずるだけではなく、執筆禁止にすべきだという声が出たのは、いま述べたような事情によっている。たとえば小田切秀雄は「文学者が実に公職以外の何ものでもないということ、文学は私事を取扱うという、まさにそのことにおいて公けの事に深く触れて行くものであって、いわば公職そのものであること、従って、これらの責任者は文学の世界からの公職罷免該当者である」(「文字における戦争責任の追及」)と断じ、また宮本百合子は「公職という観念が文筆活動そのものを内容としないかぎり、戦争協力作家のいなおった民主化攪乱作業はつづけられるであろう」(「今日の日本の文化問題」)と指摘したのであった。わたくしが、さきに火野は公職追放という事実を私事(プライベート)としてとらえたのではなかったか、と述べたのは、小田切、宮本の主張する〈文学公職性〉の欠落を彼にみたからであった。ともあれ、GHQは彼らが求めたような強制力を発揮する道を選ばなかったために、実質的な文筆活動禁止の措置はとられなかった。それゆえ、火野の自筆年譜が明らかにしているように昭和二十一(一九四六)年から昭和二十五(一九五〇)年という、彼にとって、最も居心地の悪い時期に似つかわしくないほど旺盛な執筆活動をしている。こうした彼の活動が宮本百合子の視界には、戦後社会の「攪乱」に手を貸すものと映ったのであろう。ただ、この時期の彼の作品に認められる一定の傾向としては、彼自身がおかれていた客観的な位相をよく反映しており、それぞれに被害者意識や落魄感をつのらせたものが多かったようである。

いずれにしろ、追放の身の上でありながら旺盛な作家活動に従事することのできた火野のケースひとつをとってみても、わが国の政策的な寛大さは特徴的である（もっとも、GHQの思惑と全く自立して講じられた措置とは考え難いが……）。たとえばナチス・ドイツやソヴィエトで行なわれた投獄、体罰、または徹底的な根絶＝死刑などというものにくらべる時、おどろくべき寛大さと言わなければならないが、こうしたゆるやかな措置についてベアワルドは、わが国における追放政策の一般的限界だとしている。この一般的限界としてのゆるやかさは、次にみるように、さらに該当者の救済策が講じられることで、一層、その水門を幅の広いものとしたのである。

四

昭和二十二（一九四七）年一月の公職追放令改正によって財界、言論界、地方公職へと追放規準の範囲が拡がるにつれて、当然、該当者の数も増加したため個人的ケースの再審査の必要が生じてきた。この必要に応じて訴願の手続きが正式に制度化され訴願委員会の設置をみたが、同委員会の活動指針は追放指定に際して審査委員会が過誤を犯していなかったか、否か、という点にあったのである。訴願委員会は三次にわたって設置され、最初のそれは昭和二十二（一九四七）年春から翌春まで存続し、この間、一四七一件の訴願があったが、そのうち一五〇件について解除が適当である旨、同委員会はＧＨＱに勧告したけれども、認められたのは一四三件であった。二度目の設置は昭和二十四（一九四九）年二月から昭和二十六（一九五一）年までであったが、この時は三万二〇八九件の訴願を審理し、一万九〇件について追放解除が承認された。さらに昭和二十六（一九五一）年六月に設置された第三次の委員会のもとでは、設置後一ヵ月以内に都道府県および市の審査委員会による追放指定者六万六〇二五名と中央審査委員会による指定者二九五八名が追放を解かれることになり、結局、最終的に講和条約発効の日までに追放解除とならなかったのは八七一〇名であった。

この間、昭和二十四（一九四九）年には政令第三九〇号によって『覚書』該当者が、その指定の特別免除を申請できることとなり、この時も、殆どすべての『覚書』該当者が特別免除申請書を提出した。この特免申請書は申請者による「特免を申請しようとする理由」と、その特免の申請理由が事実と相違ないことをさまざまな立場から証明するための関係者による「証言」、それに日英両文の「調査票」の三つをもって構成されていた。こらら一連の『覚書』該当者に対する救済策の建前は〈公正の手続き（デュープロセス）〉というアングロ・サクソン的法理念からする追放令適用の見直しという点にあったのである。しかし、訴願委員会が実際に果たした役割は、そうした審査機能というよりも、一旦、追放指定を受けたものを公的生活に復帰させるマシーンのようなものであった。

ともあれ、火野も、また、さっそく特免申請の手続きをとった。彼は「とびつくようにして、その手続きに没頭した。未練がましく、見ぐるしく見えてもよい。今度こそ、私はどんなにしてでも委員会をパスしたいと願った」のである。そして、昭和二十四（一九四九）年五月、彼は特免申請をなし、自らが追放を解除さるべき理由について、おおむね、次のように書き記している。いささか長くなるけれども、彼の弁明に耳を傾けることにしよう。

「私の皮膚のような、このヒューマニズムは、戦争に於ても、あらゆる制約と弾圧とたたかいながら、消えることなく燃えていたと信じています。それは作品が証明しているのでありまして、なんの隠るるところもありません。しかし、戦争中にヒューマニズムを堅持することは、けっして楽なことではなかったのであります。それは多くの人々が挙ってその立場を拋棄して行った事実を見れば明らかすぎることであります。私はその名を茲へ挙げることを好みません。自己の立場を有利にするために、他人を引合いに出すことは差し控えたいのです」。

「作家は、その著述によってすべてを白日の下にさらして居ります。そこで一切は著述によって判断されて差支えないというのが原則でありますが、時代の動向、状勢、弾圧等によって筆の自由を得なかったということも屡々起る現象でありまして、この苦痛と秘密は作家にとって実に耐えがたいものがあるのでありました」。

「また恥しいことでありますが、私は恒産もなくつねに貧乏に追われ、軽筆一本に多くの家族の生命を托して居りましたため、むげにすべての要求を斥けることができない場合も少なくなかったのであります。もし自分に筆を絶っても生活できる余裕があったならばと口惜しく思うことが一再ではありませんでした。しかし、そういう場合でも、私の根本的な立場はあくまで崩さないようにし、重要でない部分だけ、強いられる言葉をはさむようにしました。でなければ、真に私の書きたいことまで書けなくなるからであります」。

「終戦に当っての反省――私は愚昧でありまして、戦争の真の意義というようなものに全く無知でありました。ただ、いかなる意味の戦争にしろ戦争が始まった以上、そして祖国が興廃の関頭に立った以上、日本人として国に殉じなければならぬものと思いました。私一人を頼りにしている多くの家族を思えば、私は断腸の思いでありました。しかし私は祖国の危急の前に、まずしい私の力のありたけを捧げねばならぬと信じました。この私の愛国の情熱が誤謬であるといわれれば、もはや何も申すことはないのであります」（以上、この弁明は鶴見俊輔、しまねきよし「追放された人の言い分」・『思想の科学』一九六六年八月号、および『共同研究・日本占領』所収のしまねきよし「追放解除を要請する論理」からの引用である。また、特に後者の論稿からは小稿作成の上で多くの教示を得たことを明らかにしておきたい）。

右に注記したような事情で、火野の弁明全文に眼を通したものではない点に、わたくしの考察は大きな限界があるものと思われるのだが、しかし、この方面のテーマについて久しく仕事をつづけられてきたおふたりのアレンジ部分だけからでも火野の弁明の文脈はぬかりなくおさえられていると思う。そこで、次に、ここに紹介した彼の弁明をもとに筆をすすめることにしよう。

火野と同じように特免申請を提出した山岡荘八は、その弁明のなかで同業の岩田豊雄や丹羽文雄を引合いに出して、彼らは追放を免れたのに自分ひとりが追放されたということを深く反省している、と述べた。考えてみれば、こうした当てこすりな調子の文面は相当に厭味な響きをもっているが、その点、「自分の立場を有利にするために、他人を引合いに出すことは差し控えたい」とする火野の弁明態度は、その誠実な人柄を、わたくしたちに、あらためて彷彿とさせてくれるものである。当時、ＧＨＱや審査委員会あてには数々のたれこみがあり、相互不信による疑心暗鬼の光景が広くみられたという。

こうした雰囲気に悪乗りしない、さわやかな火野の弁明はそれとして、ただ、彼の弁明を通じて、わたくしたちが共有し得る普遍的な価値への契機を見出すことができるか、どうか、という点になると、課題の設定としては、おのずから別の観点が用意されなければならないようである。

五

ＧＨＱは、いくつかの建前をもってきたが、そのなかでも最大の眼目としたのは日本社会の民主化と非軍事化であった。この建前を日本人の心情的土壌に移植した際に、それらが平和国家や文化国家の建設という名辞に変質したことは、文化鍋や文化タワシ・文化住宅といった名辞の出現などと共に、よく知られた現象であった。このような変質をいち早く察知したのであろうか、殆どすべての特免申請者たちが「戦争中の思想は、けっして軍国主義ではなかったということを、まず第一に主張」(しまね、前掲)したのであった。このアリバイ立証のための工作は、何はともあれG項指定条項が明示している軍国主義者や極端な国家主義者という言葉への明白な対立概念ともいうべき〝自由主義者〟〝平和主義者〟〝ヒューマニスト〟としての自己を印象づける形でなされたのである。

火野の場合、「戦争中の思想」は、どうであったろうか。審査委員会が追放理由のなかにおいてすら一定の評価をくだしたように「概ねヒューマニズムの態度を離れなかった」とするのは、彼が戦時下に産み出した作品に即してみれば、けっして不当なものではないだろう。だから、彼が「私の皮膚のような、このヒューマニズム」と自らの枠組みを弁明において示したのもGHQの建前にとり入ろうとした便乗的な思惑とは言えないと思う。たしかに火野の戦争文学の要諦は人間らしい心と非人間的な戦争とを、いかに調和させ得るか、この点について自己確認をするための彷徨であったのではないか、と、わたくしは理解しているのだ。逆に、そう思えばこそ、わたくしは彼の弁明に対して、ある種の釈然としないところがあることも書きつけておきたいのである。すなわち、文字通りの「皮膚のようなヒューマニズム」が真に人間的なものを求めていたというからには、あの戦争そのものに対する根本的な批判視点が弁明のなかに用意されているべきではなかったろうか。なぜなら「皮膚のようなヒューマニズム」の持主は、あの戦争そのものに対しての根本的な批判視点を持っているべきであったから……。

わたくしは火野のように、非人間的な戦争をひとまず肯定したうえで人間的なものを追求しようとした人びとの姿勢と、戦争に対する否定的な態度を崩すことなく人間的なものの擁護を主張しつづけた人びとのそれとを弁別して考えてみる必要があると思う。後者の道を譲ることなく歩みつづけた人たちの存在を知らなかったはずのない火野が、戦後になってヒューマニズムは自分の皮膚そのもののようなものだと言い切るくらいならば、彼の人間的なものの求め方が、所詮、戦争におし流されながらのそれでしかなかったことについて、自らの手で些細な検討をくわえる必要があったのではないか。

各々が把持していたと主張したところの〃自由主義者〃〃平和主義者〃〃ヒューマニスト〃の質についての検証作業が必要であったのは、もとより火野ひとりのものではなかった。その大方が歴史の歩みに一度として抗うことなく、わが身を大状況にまかせたまま流されながら、自分は良心を手離したことはない、と口を揃えることで戦後状況に、またしてもわが身をまかせようとした、その図は滑稽なものであった。この論理は責任の所在にも援用され、自らの主体的な責任は見事に棚上げにしたまま、大状況にすべての責任は転嫁されたのであった。火野も、こうした正当化の方法を用いている。彼は弁明のなかで「時代の動向、状勢、弾圧等によって筆の自由を得なかったということもまた屢々起る現象でありまして、この苦痛と秘密は作家にとって実に耐えがたい」ものであったと述べている。〈国民的英雄〉と遇されていながらも彼の内面に、言いしれぬ苦痛や秘密があって不思議ではないが、しかし、そうした個人的な状況が、国家大事のまえに、いとも簡単に溶解されてしまったことを追認するかたちで弁明がなされていることについて、わたくしは、ひとつの問題があると思う。彼の弁明は述べる。「いかなる意味の戦争にしろ戦争が始まった以上、そして祖国が興廃の関頭に立った以上、日本人として国に殉じなければならぬものと思いました」と。当然のことながら作家として自負するところがあったにちがいない火野としては、文学に関する価値判断のすべてが国家権力の手中に収められたことについての苦痛やあるいは〈制約と弾圧〉を加えられることに対しても受け入れ難い感情を持ったこともあるはずだ。しかし、そうした同調し難い諸々の感情も最後には「国に殉ずる」の一点で溶解されてしまったのである。国家の存在をもって絶対至高のものとし、国際社会における是非善悪も問わず、いざとなれば何もかも投げ捨てて国家に殉ずることが国民としての義務であるとする考え方こそ、大日本帝国イデオロギーの華ともいうべきものであった。このような旧来の国家観念に対する疑問や自己批判がなされないまま、殆どの追放該当者たちは制度上、開かれた特免申請にわれもわれも、ということで乗り込んできたわけだが、いかにも処世的な現象であったと言わざるを得ない。この点をとらえて、先のしまね論文は「彼らにあって真の意味における自己変革の姿勢はほとんどみられない。追放、非追放をまったくの個人的な運・不運としか捉えていないことが、それを完全に示している」と指摘している。

火野の弁明には、あからさまに、わが身の不運を述べたてた個所は見当らないけれども、追放されたものたちの境遇を、彼が、そのような見方で説明していないわけではない。たとえば『戦争犯罪人』には、次のような文脈がある。「狂気によってしか遂行され得ない戦争のなかでは、異常の神経の方が要求される。その巨大なる狂気と異常とにたいして、人間の力がいかに弱いか、いやというほど経験するところであった。そして、たまたま戦犯として獄につながれた者だけが、その象徴的な存在として、えたいの知れぬ悪魔に売りわたされたのだ。その哀れな者たちを、どうして同胞が憎むのであろうか。戦犯者は、ただ不運であっただけだと思われる」と。

この作品は『追放者』よりも遅く一九五三から五四年にかけて書かれたものであるが、戦犯という身の上にある主人公・貞村を追放者におきかえるならば、それは、そのまま火野が主人公に託して披瀝した思いであったと解しても不当ではないだろう。彼は、また、わが身の不運を暗愚蒙昧ということで理解しようとしたふしも認められる。しかし、率直に述べるならば、わたくしは火野が自分のおかれた境遇を運の悪さに帰着させることで、ひとつの達観を得ようとしたことについて焦立ちを禁じ得ないのである。それというのは、彼が主人公・貞村の感慨として述べているごとく、たしかに「狂気によってしか遂行され得ない戦争のなかでは、異常の神経の方が要求される」ことも、「その巨大なる狂気と異常とにたいして、人間の力がいかに弱いか」ということも打ち消し難い事実の一側面をついている。だが、そうした事実認識から、あの狂気の戦争の責任を人間の力の弱さに還元するならば、いったい戦争惹起の責任とそれに伴う残虐行為、あるいはそれを阻止することなく、流れにわが身をゆだねてしまった日本人の反省は、いったい、どこへ行ってしまうのであろうか。「狂気によってしか遂行され得ない戦争」を準備し、惹起したものの究明と追及、そして、その根絶こそが戦後を生きる日本人総体に課された最大の責務であったはずである。そうした視点からの作業をせずして暗愚蒙昧という自己認識にとどまったところで弁明をするということは、なすべき思索の奥行きが浅く、その意味で普遍性への芽が認められないと、わたくしは思う。すなわち、連合国による極東国際軍事裁判や公職追放の措置を通じてＧＨＱがなそうとした日本人に対する教育は、火野において効果をもち得なかったと言えるだろう。最後に、これまでの言及と重複する部分があるかと思うが、火野の責任意識という点から若干のことを述べて小稿を閉じることにしたい。

六

戦後三年目という「戦争責任意識の制度的形成の時代」（鶴見俊輔）に書かれた火野の弁明を通じて、わたくしたちは罪の意識に根差した責任の観念を、どれほど読みとることができるであろうか。率直に言って、わたくしは戦争を運命として認識し、それに敢然と直面する以外に、いかなる道もあり得ないとする彼の〈思想〉に口惜しいものをおぼえる。わたくしたちが日常的に責任という言葉を発する時、そこには個人が何らかの規範に反して自主的に行為し、あるいは、行為しなかった結果に伴う自罰意識が、その核になっているものだが、火野の「終戦に当っての反省」は「この私の愛国の情熱が誤謬であるといわれれば、もはや何も申すことはないのであります」というくだりで結ばれている。これを火野の居直りとして読むのは、あまりに悪意に満ちた読み方だろうか。

わたくしは極東国際軍事法廷における〈裁き〉と公職追放による〈排除〉という現象面に

おける差異をこえて、ＧＨＱが採用した政策原理としては、いずれにも共通する価値志向があったのだと思う。すなわち、極東国際軍事裁判が法廷で採用した、いくつかの法理は、当然のことながら公職追放となったものたちにとっても自己再生のためのやすりとなるべきものであったはずである。火野は弁明において国家至上主義の思想と、それに基づく侵略戦争の支持という形での〈情熱〉を語りつつ、それを誤謬といわれれば何をかいわん、というにとどまっており、その〈情熱〉の発散方向を充分に見定めたうえで何ごとかを述べているわけではない。ＧＨＱが持ち込んだ戦争否定と人類共同体を最高の準拠集団とする価値理念が、火野の把持する国家至上主義の思想と相対立したであろうことは明白である。また、自分の頭と体で考え行動する独立主義的個人主義の立場から一人びとりの戦争責任を追及した極東国際軍事法廷の法理からすれば、火野が述べている「戦争が始まった以上」につながる依存主義的な集団主義の規範は、当然のことながら免責の根拠とはならない。このことは、とりもなおさず価値判断における普遍主義の観点から天皇と天皇によって代表される国家への忠誠が究極の価値をもつという日本人の規範（火野も、この規範をもとに弁明している）を極東国際軍事法廷が厳しく弾劾した法理とひとつながりのものである。

以上、いくつか指摘したＧＨＱの法理は鶴見和子「極東国際軍事裁判――旧日本軍人の非転向と転向」（『思想』一九六八年八月号）が抽出したもののなかから援用したのであるが、これらを特徴づけている彼らの普遍的な価値志向は火野だけではなく、旧日本社会の価値体系に育まれて成長したものたちにとってなじみにくいものであったにちがいない。考えてみれば、異なった価値体系をもつ二者の間で、一方が他方を自己の尺度をもとに断罪しても断罪された側のそれが一挙に更改されるということはあり得ないことだ。そうした一般的な事情をふまえたうえで、極東国際軍事裁判や公職追放という一連の措置には戦勝国の敗戦国に対する復讐という低劣な動機が潜んでいたと指摘するむきがあるのは事実だ。また、掲げられた理念の崇高さの裏側で〈裁き〉や〈追放〉という卑劣な手段のうちに勝者が敗者に差し出した毒杯を見出す人びともいる。わたくしは、このような見解を生み出すに至った一面のあることを否定しようとは思わないけれども、ただそうした外からの強制という側面だけを強調することによってGHQがなそうとした普遍的な価値尺度からする戦争責任の追及という方法のもつ意義を軽くみてはならないと思う。

K・ヤスパースは、わが国と同じく祖国の敗戦という現実のなかで『戦争の罪』を書き、敗戦国が立ち直るべき精神的な根拠を何に求めるべきか、という点について深い考察をめぐらした。そこで、彼は〈戦争の罪〉に刑法上の罪・政治上の罪・道徳上の罪・形而上的な罪の四つがあることを指摘したが、特に、わたくしは、あとのふたつの概念に着目したい。ヤスパースによれば「ちゃんと分かっていながら、或いは少くとも分かるだけの能力をもっていながら、実際の出来事を安易な気持でヴェールに包んで見ぬふりをしていたとか、麻痺させられていたとか、誘惑されていたとか、一身の利益に買収されていたとか、恐怖心のために服従していた」というケースには道徳上の罪がある。また、「不法や犯罪を防止するために細心の注意を払って、自分の生命を敢えて危険に曝すというだけでは不十分、とにかく、そういうことが行なわれ、しかも私がそこに居合わせて、そして他の人間が殺された今もなお私が生き永らえているという場合」には形而上的な罪があるのだ、と彼は説いている。このヤスパースのリゴリズムは、きわめて〈平和〉的状況に生きているわたくしたちにとっても途方にくれさせるものであるだけに、ましてやヤスパースの論理の前に火野の弁明がひとたまりもないことは言うまでもないだろう。

　ともあれ、火野はGHQの戦争責任を追及する、その仕方に強い不信感をもっていたが、しかし、その背後に潜む政策原理に対する主体的な受けとめがあったならば、幾ばくかの明晰な意識をもって、戦時下の自己の言動に対する反省を開陳することができたはずである。そして、最後に、わたくしは、ひとつの事実を指摘することで、この稿を閉じたいと思う。それは、資質的に火野と相似たところの多い尾崎士郎の態度についてなのだが、尾崎は特免申請をなすべく下書きまで書いたけれども、それを提出することをしなかった。一旦、「何卒私ノ二十八年間一貫シ来リタル文学的生活ヲ薄弱ナル理由ニ基ク追放令ニヨリテ遮断サレルコト」のないように、と訴願のための文章を草した尾崎は、いかなる思念のもとに申請を思いとどまったのであろうか。彼の心中には、さまざまの屈折するものがあったであろうが、わたくしは、その間の心象について定かなところを知らない。しかし、火野が仮指定に対する異議申し立てをなし、それが却下されると、今度は追放解除の特免申請と、制度として用意された救済の路を求めて、ある時はやりきれない自意識をもちながらも渾身の力を傾注したのにくらべて、尾崎が剛直な敗戦者として、わが身を思いとどめたことの意味は非常に示唆的なことに思われるのだ。こうした尾崎の態度に目配りをしつつ、火野の一連の動きをみる時、いみじくも田中艸太郎が指摘したように「あまりに世間的で、どこか処世的」(『火野葦平論』五月書房刊)な対応に終始したのではないかという印象だけが残る。「運命は、俺たちを翻弄するよ。人間は運命に抵抗するなんて出来はしないんだ。偶然が一切を決定するんだ。運命とたたかおうなんて、おこの沙汰だよ」(『幻燈部屋』第六部「夜鏡」)というのが、いつも火野の現実受容の底流にはあった。この運命観からすれば、追放指定をも運命として、これを受容し、そこに身を沈めることで蘇生への道のりを模索するほうが、どれほど〈文学的自然〉に適うものであったか、と述べるとすれば、火野にとって、あまりに苛酷な発言ということになるであろうか。

ともあれ、戦後状況の新たな展開のなかで、彼自身の戦争体験をもとに思想的営為を深めてくれるよう、彼に期待するのは一種の〝ないものねだり〟であるかもしれない。たが、これまでみてきたような火野の〈対応〉が選択の余地のない唯一のものであった、とは言い難いように思われる。

第六章 〈悲劇の共感〉について 火野葦平小論

はじめに

昭和十年代の時代精神が領導したものは、戦争とファシズムを基本的な枠組としながら無条件降伏というかつてない国家的破滅へ帰結させた荒廃と転落の歴史であった。文学がこうした時代性と無縁のところに存在し得るはずはないのであって、それは一種の非文学的な状況のもとで文学的な営みをすることを強いられたのである。すなわち、圧倒的な現実政治の規制のもとで、文学は、その跪拝者としてとどまることによってのみ、はじめて〈文学〉的な営みをなすことが保障されたのである。中野重治は「現代詩の一つの転換」(1)という、さして長くはないエッセイの中で主に詩人に着目しつつ、この間の事情を明らかにしたのであるが、それは文学に携わる者たちのすべてにあてはまるものでもあった。「日本帝国主義の中国への侵略、それの第二次世界戦争への発展は、これらの詩人たちに沈黙を強い、逸脱を強い、あるものには頽廃を強いた。とくに不幸であったのは、無名に苦しめられていた人々が、政府の与えたスローガンを支持すること、あるいは支持すると声明することによって世に出られるという世の中が無理にもつくられて行ったことであった。詩から詩ではないものへ堕ちて行くことで認められるという陥穽は多くの人を誤らせた」と。中野が、ここで簡潔に描いてみせたひとつの見取図はくり返すが文学状況のすべてに通ずるものであったと言ってよい。

小論でとりあげようとする火野葦平は、自ら望んだというわけではなかったけれども、まさに、こうした歴史過程に作家として出発し、かつ成熟期をむかえることで時代の寵児となったのである。いずれにしろ「作家は彼の時代のなかに状況づけられている」[2]ものではあろうが、火野の文学的生涯をかえりみる時、彼と時代との遭遇はあまりに運命的なものであったと言わざるを得ない。すなわち、昭和十三（一九三八）年に『糞尿譚』で芥川賞を受賞した火野が、その時、杭州警備の任についていた陸軍歩兵伍長・玉井勝則であったというところから彼のヒューマンドキュメントは始まっている。

日華事変の勃発当初から太平洋戦争末期に至るまでの間、火野は、その三十歳代のほとんどを戦場と共に生きたが、その「惨苦に満ちた十年にわたる体験」（安田武）をもとに数多くの作品を残した。彼が戦争文学のマイナーライターと称される所以は、そこにあるわけだが、火野は彼一箇の体験を通じて果てもない中国大陸をただひたすら歩きつづける〈皇軍〉兵士の姿に民衆の誠実を見てとり、そして、また彼らの善意を丸ごと受容することで彼自身の文学世界を築きあげたのであった。作家としての輪郭が、こうした戦時下の営みに凝縮されているということもあって、従来火野文学に対する批評の視点としては、いみじくも安田武が述べたように「一兵士――あるいは一庶民としての限界のなかで、何を信じてどのように生き」[3]たかという点にわけ入ったものが多かった。

さて、そこで小論の意図するところであるが、いま述べた火野文学への問題意識を大筋において踏襲する以上のものではなく、いささか汗牛充棟のきらいがあるけれども、これまで比較的に論じられる機会の少なかった『魔の河』を手がかりに何ほどかのことを考えてみたいと思う。この作品は上海事変当時の体験をもとに戦後十二年を経てまとめられたものであるが、戦争あるいは他民族をプリズムとしつつ民衆の存在構造を適確に描き出しており、多産な彼の作品群の中に埋没させるにしては、われわれにとってきわめて示唆的な作品だと思うからである。

一 〈左翼体験〉と最初の大陸行

火野が大抵の場合、自らの作品に感慨を託するタイプの作家であったことは数多い彼の著書の末尾に添えられた「あとがき」に見られるとおりであるが、『魔の河』[4]にも例によって、この作品に寄せる彼の愛着と感慨を披瀝した「あとがき」が寄せられている。

「今後、もし、私の代表作を聞かれることがあった場合には、これからはその一つに、この「魔の河」を挙げようと思う。傑作でもなんでもないが、作家がほんとうに書かずに居られなかったものを書いたという意味で、私にとっては記念の作品であるからである」というのが、それだ。「ほんとうに書かずには居られなかった」この作品は昭和七（一九三二）年、上海事変の際に火野が直接体験したことを題材としたものであるが、彼は、その体験を作品化するのに要した四半世紀という歳月をふりかえって次のようにも述べている。「いろいろな事情から、ようやく今ごろ書くことになった。ひょっとしたら時期がよかったかも知れない。戦争中には到底書けないし、無理に書けばひどい歪曲を行わねばならなかっただろう」。すなわち、体験から執筆にいたる間には、この国の全社会を規制していた伝統的・支配的な価値体系の急激な崩壊をもたらしたところの、いわゆる〈八・一五〉という重大な日付変更線が介在していることへの思いを彼は述べているわけだが、これは、またひとりの作者として読者に対して注意を喚起しておきたい点であったかもしれない。

ともあれ、広漠な中国大陸における火野の長くて不幸な戦争体験の序章ともいうべき最初の大陸行を題材とした『魔の河』を手がかりに、以下、若干のことを論じてみたいと思う。

火野は自筆年譜の中で最初の大陸行をした時の事情について、「（昭和七年――引用者）一月、上海事変勃発、苦力がストライキをしたため、玉井組は五十人の仲仕とともに上海へ派遣された。父とともに、私は石炭二五六四トンを積んだ三井物産の高見山丸に乗って行った」[5]と述べている。ここに火野の父が家業とする玉井組（『魔の河』においては辻組）一行に課せられた任務が明らかにされているわけであるが、火野は、この時の石炭仲仕の一行について異教徒から聖地エルサレムを奪還するために編成された十字軍になぞらえて「うすぎたない石炭仲仕の十字軍」と半ば自嘲的に名づけている。時あたかも、頃度、この頃は五十二年という彼にとってさほど長くはなかった生涯のうち思想と政治に正面から向き合った体験期に相当している。

すなわち、火野は最初の大陸行をはたす前年の一九三一（昭和六）年三月五日、二十五歳の時、若松市（現在の北九州市若松区）の極楽寺で若松港沖仲仕労働組合を結成し、その書記長となった。組合結成と同時に、彼は三菱炭積機建設反対の大規模な集会を組織して石炭荷役の機械化による仲仕失業救済資金を要求して闘争を指導したが、結局、この闘争は同年八月二十三日ゼネストを敢行するまでに至り、洞海湾の荷役作業を四日間にわたって麻痺させるという、この地方はじまって以来の労働争議となったのである。ところで、この争議は当時、非合法活動をつづけていた日本共産党の影響下にあった日本労働組合全国評議会との緊密な関係のなかで取り組まれたものであったようだが、火野は、こうした労働運動の先進的な活動家であったのみならず、北九州プロレタリア芸術連盟を結成して「左翼劇場」の公演を企画し、あるいは機関誌『同志』を刊行するなどプロレタリア文化運動の領域でも中心的な存在であった。[6]

最初の大陸行をする、つい半年前までの火野のこうしたプロフィールから推して「地方のプロレタリア文学青年として、これ以上典型的な人物を探すのはむずかしい」[7]といわれるほどの活動歴の持主であったことがうかがわれるのだが、そうした火野（作中では辻昌介）は、いったい、どのような思念を抱いて上海へ出向いたのであろうか。いかに「前年のストライキのころから日本共産党とコミュニズムとに疑惑を抱きはじめていた」(年譜)とはいえ、お国のためにという題目のもとに中国人労働者のスト破りを任務として大陸に渡る父に同行するということに、彼は何ほどの抗いも覚えなかったのであろうか。その点、すくなくとも『魔の河』を読むかぎりでは、彼が前歴として持っている思想体験と異民族のスト破りに出向くことの間に思想的な矛盾性を自覚した痕跡は認められない。かりに、そうした意味での相剋が彼自身の中にあったとすれば辻昌介の部下として一緒に上海に渡り、そして抗日戦線に身を投じた加村義夫から寄せられた手紙などに対して、それなりの対応を示唆する書き込みがあってもよかったはずだと思う。

加村から昌介にあてた手紙には、概略、次のようなことがしたためてあった。「聡明な辻組の統領の決断をうながしたい。日本がおこした侵略戦争の片棒をかつぐことは今すぐやめてもらいたい。軍部を先登に日本帝国主義はまず満州を強奪し、次に上海に手をつけた。これに対して民族と人民の代表である第十九路軍は英雄的抗戦をつづけている。辻組はお国のためなどとおだてられて上海に出動したが、それは単にM財閥に騙されたばかりでなく、プロレタリアートの兄弟としての支那人苦力を裏切るものだ。苦力がストライキをすれば同情ストをおこない、M財閥と日本帝国主義者と闘うのが辻組の役目ではないのか。いずれにしろ、自分は思想の正しい発展のために第十九路軍に投じた」。

さて、このような加村からの投げかけに対する辻昌介の対応はどのようなものであったろうか、注目してみたい。

文面に接した昌介は、ただ「巨大なためいき」をつき、「人間というものはまったく不可解至極だ。毎日いっしょに暮らしていながら、誰がなにを考え、どんな思想を持っているか、まるでわからない」と嘆じているだけであり、別段、自他に対する掘り下げた省察を加えているわけではない。もとより、われわれは昌介が加村の言い分に全面的に従うべきであったとか、あるいは加村同様の行動パターンが用意されてもよかったはずだとする見解を持つものではない。しかしながら火野が洞海湾で前代未聞の四日間にわたるゼネストを打ち抜いた二十日後には満州事変が勃発しているという状勢に目配りをする時、昌介が実践的なレベルで受容することはできないとしても、加村の認識を昌介のものとすることくらいは可能だったのではないだろうか。ただ、この点は実際のところ、作者の左翼体験の内実に踏み込んだ思想のあり様についての検討作業を抜きにしては多くのことを語ることは困難である。そこで、ここでは昌介（あるいは作者）の思考を鈍らせる一因となったものが満州事変を境目として国民の意識に認められるドラスチックな転換そのものの中にあったことを指摘して筆を先に進めるステップとしたい。

満州事変は国民大衆に排外的な民族意識を注入・鼓吹するうえで重大な役割を果す歴史的な事件であったが、このことは労働運動の分野にしろプロレタリア文化運動の分野にしろ、それまでの〈階級の論理〉が〈民族の論理〉に押し負けていく端緒となったことを意味しているのである。この状況転換の局面に際会して杉山平助は国民心理の動向を次のように述べている。「本来賑やかなもの好きな民衆は、これまでメーデーの行進にさえ、ただ何となく喝采をおくっていたが、この時クルリと背中をめぐらして、満洲問題の成行に熱中した。階級の問題と民族の問題について、イザという時日本の大衆が、どっちにより深く魂をゆり動かされるものであるかが、これで明らかになった」[8]と。この事態の推移に対する杉山の事実判断はいかにも適確なものであったが、いずれにしろ「イザという時」この国の大衆が「クルリと背中をめぐらし」たということは、つまり、それまで左翼運動に関わってきた一人びとりが、いまや階級の支えなしに民族的課題を背負うことを余儀なくされたということにほかならない。「文句いわんでついて来なさい。こんな機会はめったにはない。望んでも得られん」という父親の誘いに応じた昌介の心中に去来した思いが「壮大な国家の運命のなかにとびこむヒロイズム」だけであったということは、この主人公もまた、すぐれて時代状況に規定された日本大衆の一人であったことの証左と言うべきであろう。

二　『魔の河』体験

さて、議論の拡散傾向を押しとどめ本来の問題意識に即して叙述をすすめなければならないわけだが、「歴史上の観点から見れば」が口癖のM物産貯炭場現場主任である関口菊夫の歴史観を前面に提示することによって、作者自身の戦争に対する考えが披瀝されると思う。

その関口菊夫の歴史観をあらかじめ述べるならば、それは「書かれた歴史というものは表面だけの現象を追いすぎて、虚偽になるんですね。歴史の真実は間道にあるんだ。人間の羞恥と虚栄心と時間とのために消されてしまった部分が大切なんですね」という点に尽きる。

作者の分身、辻昌介はさながら猛獣使いのように中国人苦力の顔に革の鞭を当てる関口の残忍さには強い不信感をもっているが、しかし、その歴史観には心ひかれるものがあった。それというのも昌介自身が上海での荷役作業中に「歴史の間道の密航者」として「消されてしまった部分」を目のあたりにみたという体験をもっているからであった。

「石炭仲仕十字軍」の主な仕事は貯炭場の荷役であったが、同時に、彼らはたえず竹矢来の外でさまざまな作業につくことを強制された。とりわけ凄絶な「地獄の作業」に昌介が従事した時のことについては次のように記されている。「否応なくトラックに乗せられ、憲兵の指揮のもとに、どこかわからぬ江岸へつれて行かれる。一隻の駆逐艦が横づけになって居り、明りはほとんど消されている。その暗黒のなかで、人間の屍体を駆逐艦の舷門から積みこませられた。死体は幾十あるかわからない。百以上あったかも知れない。敵の兵隊ではなく土民らしかった。憲兵隊は便衣隊だというけれども、軍人らしい者は少く農民か苦力かのように見うけられた」。昌介は直感的に、この屍体を揚子江の本流に流すのにちがいないと思った。「夜間、駆逐艦に積んで、揚子江の本流に運んで流せば、秘密裡に処理できる」からである。ちなみに『魔の河』という作品の題は、あらゆるものを呑みこんでしまう揚子江の茫洋たる野放図さ、あるいは妖怪じみたすさまじさを示しているけれども、昌介は、この河での息も止まるような作業を通じて関口が語るように「歴史の真実は間道にある」ことを否応なしに思い知らされることになった。鳴りもの入りで戦争が行なわれ、「お国のために」という美名のもとで華やかな歴史が書かれている時、常に闇から闇へと葬られていくものがあるという現実に直面し、昌介は矛盾の壁にぶちあたり、そこで苦悶するばかりであった。すでに物体と化して、セメント袋か大豆袋のように運び出されるこの人間たちも、一人一人の人格や生活や夢といったものを持っていたにちがいないのであり、歴史の基底に向って掘り進むならば彼らの怨みや執念が、おそらくは幾重にも堆積されているにちがいない。そうした意味で関口の提示する歴史観は確かなひとつの視点を用意しているのであり、作者が、この作品のあとがきで述べている「ほんとうに書かずに居られなかったもの」のひとつに関口によって代弁されている無念の歴史観の披瀝ということがあったのではないだろうか。

一方、前述したように「消されてしまった部分」をたえず歴史の中に再生産することを通じて生き延びる国家のあり様についても昌介は疑惑の眼を向けている。「的確な姿勢で指揮している憲兵は人間であろうか。（中略）自分はいま自分の前にいるちんちくりんの横柄な憲兵伍長のために働いているのではない。憲兵の背後にある国家の命令のためだ。憲兵という個人がそのまま国家の幻影を背負っているのだ。（中略）さすれば春秋の筆法ではないが、この罪悪をおかしているものは国家ということになる。国家は罪悪をかさねねば生きて行かれない組織体か」と。歴史の間道で垣間見た衝撃的な出来事によって際限のない昏迷に陥った昌介の自他に向けた疑念はさらにつづくのである。

「「お国のために」という言葉は美しい。しかし、その美しい言葉が作られるためには、民族のギリギリの生命慾があったのではないか。民族の誇りというものはそういう場所から生まれたのではないか」。

「そんなら十九路軍や中国民衆にも民族の誇りがあるはずだ。誇りと誇りとの衝突。それは絶対に避けることの出来ない宿命であろうか。押したおすことの出来ない歴史の意志であろうか」。

民衆のひとりびとりが秘かに自負している生を歴史意志のなかに救いあげようとする昌介の自問自答は、透徹した認識として用意されたものなどであろうはずはなく、逆に無力感の深まるなか自己説得をはかるため苦しまぎれに見出した営みであったと言うべきであろう。そして、そのことを通して導き出されたひとつの結論が歴史の意志に押し流され、巻き込まれることによってしか生をまっとうできないという点では中国の民衆と、さしあたり彼等を敵として闘うことを強いられている日本兵と、さらには昌介ら仲仕との間に共通したものがあるのであり、それは〈悲劇の共感〉ということでひとくくりし得るものではないか、という重大な認識であった。では、彼がこの認識を調達するに至ったプロセスは、いったいどのようなものであったろうか。

火野は『魔の河』ばかりではなく、それ以外のいわゆる「戦争文学」と称される作品群において兵隊たちの姿に感動し心打たれた様を随所に書き記している。たとえば『麦と兵隊』では激しい戦闘のあとで凄惨の感を漂わせながら熟睡する兵士たちに接して「何かしら胸が痛」い思いをしたり（五月十一日）、あるいは「月光の中に眠る兵士の姿が私達には限りなく愛しいものに感じられた」（五月十三日）りしている。同じく『魔の河』においても「国家の幻影を背負っている」兵士たちが第一線陣地の散兵壕の冷たい泥沼で重なりあい、むさぼるように眠っている姿をみて昌介は「眼と心とを刺された」思いであったと記している。こうした兵士たちに対する感動の誘因は何であったか。[9] それを考えることで、われわれはひとつの理解を得ることができる。それは、おそらく〈銃後〉で華々しい戦況ばかりを聞かされていた時とは、まったく異った兵士たちの姿が、そこにあったからであろう。そして、それはあまりに苛酷な生を生きることを余儀なくされている者たちの姿であったわけだが、彼らと中国人苦力の境遇を重ね合わせることで昌介は自らの思念の中にダブル・イメージを組み立てた。しかし、このダブル・イメージも昌介にとっては、さながら蟻地獄のような状況から脱出する契機とはならず、かえって「兵隊と苦力と仲仕との奇妙な類似」による「異様な昏迷」を深める方向に作用した。すなわち、彼の昏迷は最前線で剽軽な上等兵によって演出された「敵兵同士の不思議なペーゼント」を見るにおよんで、その極に達したのである。

上等兵によって演出された一場の光景とは、こうである。——二月十二日、午前八時から正午までの四時間の停戦協定によって自由な行動時間を得た父・安太郎は「戦争やっとる場所に行ってみたい」と言い、その希望を聞き入れて最前線までやって来たが、辻組一行を歓迎するために上等兵が「支那兵を見せてあげまッしょうか」と言うと、銃を置いて散兵壕の土嚢を乗りこえて敵の陣地の方角へ歩いて行った。そして彼は煙草を一本抜き出し口にくわえて、マッチを貸してほしいという仕草で中国兵を誘い出した。やがて、おたがいの煙草に火をつけあい、ふんわりと白い煙につつまれながら握手する——

昌介は、この奇妙な一幕を涙のにじむ思いで見ながら、次のような感慨を覚えるのだった。

「日夜殺しあいをしている敵味方の兵隊が、四時間の休戦によって、憎悪をこんなにもきれいに捨て去り得るというのはどういうことであろうか。いや兵隊たちには憎悪などはないのかも知れない。国と国との争いのために、なんの恩怨もない人間同士が殺しあいしなければならない。むしろ、その悲劇の共感の方が強いのであろう。このおどけた一幕は単なる茶番ではないのだ」というのが、それである。

以上、かなりの引用を繰り返してきたのは『魔の河』自体を通して、この作品に流れる通奏低音が何であるかを明らかにしたいと思ったがためである。そして、結局のところ国境を越えた民衆相互間において一人びとりの生が歴史の意志、国家の意志に埋没するほかはない自らの生と他者の生を重ねあわせることで民衆（この場合、具体的には兵士であり、中国人労働者であり、そして昌介ら仲仕）は〈悲劇の共感〉を感得し合うものであるという点を解き明かすことに作者の意図はあったというべきではないだろうか。このような民族の異同を越えた民衆存在の被害者性、すなわち民衆は狂暴な歴史の意志によって翻弄され、踏みにじられるだけの矮小な存在である点を正面から見据えたような作品は国（軍部）が文芸批評の実権を完全に掌握していた「戦争中には到底書けない」（『魔の河』あとがき）ものであった。[10] その意味で『魔の河』は、すぐれて戦後的な視点からする戦争文学作品であるけれども、いずれにしろこの作品が提起している民衆相互間における〈悲劇の共感〉というテーマは、われわれにとって容易に看過し得るものではない。以下、詳述するゆえんである。

三　〈悲劇の共感〉の成立

さて『魔の河』の主人公、辻昌介が「兵隊と苦力と仲仕との奇妙な類似」を通して〈悲劇の共感〉という認識を得るに至るプロセスは、いま見たとおりであるが、端的に言って、この〈悲劇の共感〉は作者にとって、すでに戦前・戦中期に得られた認識であったのだろうか。皇軍兵士たちと仲仕との間には自国の民衆同志ということもあってナショナルな共感構造が芽生える地盤は確かにあるのだが、ただ、いわば国家的破滅を象徴する昭和二十（一九四五）年八月十五日より以前の段階で、すでに中国人苦力をも射程に入れての〈悲劇の共感〉が成立していたと解するのは、かなり難しいように思われる。というのも一方において『魔の河』を見据えながら、他方で例の「兵隊三部作」で描かれている中国人像の結びかたをフォローする時、そこには微妙な変化があるからである。なるほど『魔の河』においても中国人苦力の生活に思いを馳せている個所は多く、また彼らの表情・仕草についても丹念に書き込まれている。「その眼の光や顔の表情は一種不可解に近い放膽さを示していた。無表情というよりも、もっと茫洋とした不気味なものだ。眼はかがやきをうしなっているのに、生々しさにあふれ、どんよりした暗い瞳の奥にどぎついなにかの澱みが感じられた」。[11] 火野が見てとった、こうした中国人苦力のとらえどころのない表情描写の視点には別段上海事変下の抗日運動を目のあたりに見た者のナショナリスティックな昂揚がこめられているわけではない。しかし、だからと言って中里介山のように中国人苦力に対する人間的な共感や感動が吐露されているとも言えず、[12] 昌介（火野）は、つかみどころのない彼らの表情に考えこみ「この冷やかな人間の壁に空恐しさを感じる」ばかりであった。つまり火野は昌介をして苦力の存在を拡大鏡として中国の将来や、それに対する日本の対応、あるいは中国民衆が持っている潜在的なエネルギーについて思いをめぐらすということはなかった。もしも彼が『魔の河』体験以前に従事していた左翼運動の中で学んだであろう普遍的な価値志向に裏打ちされた認識の数々を呼びさましていたならば中国人苦力に対する洞察も、また一味ち（ひとあじ）がったものとなったかもしれない。さらに言えば「冷やかな人間の壁に空恐ろしさを感じた」という、とりつくろった人間観察にとどまることなく一歩踏み込んだ認識を得ることができたなら、以下にみられるような中国人像の歪みは、いくらかでも回避されたのではないか。すなわち『魔の河』体験の段階ではみられない中国人に対する敵対意識や優越意識といったものが「兵隊三部作」体験の段階になると、かなり鮮明な形をもって作者の内部に醸成されているように思われる。その主たる原因としては、何よりも彼自身のおかれた状況が全く異なったものとなっていることが考えられる。すなわち、一方は仲仕としての体験であり、片や〈皇軍〉兵士としての体験であることが考えられるけれども、それは同時に彼をとりまく時代の支配的イデオロギーを彼自身がひとつの運命として受容することによって昏迷から抜け出そうとしていたこととの証左ではないだろうか。

『麦と兵隊』の末尾は中国人兵士が斬殺される場面が描かれており、そこには「私は眼を反した。私は悪魔にはなっていなかった。私はそれを知り、深く安堵した」と記されている。

すなわち非人間的な戦争の現実から眼を反すことができた人間らしい心＝自分のヒューマニティに、作者はまだ信頼を置いているわけである。こうした心の動きをもって先ほどから言及してきた〈悲劇の共感〉の成立を云々することは難しいように思われる。というのも、当時、国家目的に向って民衆動員を操作する際の思想は個人の歴史を国家の歴史の中に解消し、あるいは国家価値と人間的価値の同一性を求める点にあったと云えるであろうが、〈悲劇の共感〉の成立を可能にする前提条件として、まずこうしたものを明確に峻別する思考と論理が自らのうちに用意されていなければならなかったはずである。しかるに「（部隊が休憩した小学校に——引用者）中国国恥図という侵略されたという区画図があり、満洲国は全然自国の領土のごとく書いてあった」（『土と兵隊』）などというくだりを読むと作者は国家の言い分に対して別段何の疑問も抱いていなかったように思われる。こうした点は火野が対中国人との関係性をどのようなものとしてとらえていたかをみれば、一層明らかなものとなるであろうし、また、その考察を通して〈悲劇の共感〉がすでに戦前・戦中期に得られた認識であったか否かという、われわれの問題意識に応えることができるのではないか。そこで、いま述べたような観点から以下の叙述をすすめることにしたい。

さて、ここで言う関係性について先廻りして図式的に述べておくならば「中国でみた土の生活に無思想の生活者を発見し、自分の〈高遠な思想〉をそれに対立させるが、しかし日常的生活の場では隣人的な親近感を感じ、ついでそれが憎悪に転ずる」という態のものであったと言えるだろう。ちなみに、これは竹内実が「戦争がくれた『中国』」（『日本人にとっての中国像』所収、春秋社刊）のなかで簡潔に述べているものだが、このようなパターンは火野に限られたものではなく、日本人一般に妥当するものであった。なぜなら農村社会からの兵士が大多数を占めた日本人兵士にとって「土の生活」を共有する者に対し親近感を抱くということは当然であったろうと思われるからだ。否、そればかりではない。自分は強大な国家の力によって家族から剥離され見知らぬ国の見知らぬ土地へ運ばれて彷徨しているというのに、中国人をみると兵士にもならないで農民として日々を送っている。その姿に対する羨望もあったにちがいない。しかし、そうした自己の心情を率直に吐露することが許されているわけではなく、そこで、さしあたり自らを説得するために用意されたのは国家的価値の実現であり国家的使命への貢献という「高遠な思想」（『麦と兵隊』）であった。隣人としての日常的な親近感が〈高遠な思想〉による憎悪に転化する内的プロセスを周到に解析する余裕は、いまないけれども、この間の事情を火野に即してみてみよう。

火野は『麦と兵隊』のなかで中国人の土の生活に対して抱いた感想を次のように書き記している。「一家の繁栄と麦の収穫とより外には彼等には、何の思想も政治も、国家すらも無意味なのであろう。戦争すらも彼等には、ただ農作物を荒す蝗（いなご）か、洪水か、旱魃と同様に一つの災難に過ぎない。戦争は風のごとく通過する。すると、彼等は何事も無かったように、ただ、ぶつぶつと呟きながら、ふたたび、その土の生活を続行するに相違ない」。すなわち麦畑とそれを耕作する中国農民に体現されている生命力は、何ものによっても換えられぬものとして描かれているけれども、永遠の生命力という点に係って述べるならば、なるほど歴史における人為を超越した意志に支配された生活という側面をもつ民衆のそれは、政治体制の変革や指導者の交代などと無縁のところで営まれるものなのだ。そして、そうした理解の線上から火野が中国農民と自己との間に民衆同士の〈悲劇の共感〉の成立を予測することは可能なのだが、しかし注意すべきは「彼等には、何の思想も政治も、国家すらも無意味」と彼が言う時、火野自身はすでに「陛下の赤子」として中国民衆に対する優位性を確保しているのである。[13]『麦と兵隊』から、そのことをうかがわせる記述を引いてみよう。「大きな意味で、我々と彼等とは同文同種であるとか、同じ血を受けた亜細亜民族であるとかいうような、高遠な思想とは全く離れて、眼前に仇敵として殺戮し合っている敵の兵隊が、どうも我々とよく似ていて、隣人のような感がある」（五月十四日）というように、いわば無思想の生活者という点で覚えた中国民衆に対する親近感も日本兵の生命を脅かす緊迫した場面では「祖国という言葉が熱いもののように胸一ぱいに拡がって来」て、それは民族的な優越意識に転ずるのであった。すなわち「如何にしても理解出来ない一切の政治から、理論から、戦争から、さんざんに打ちのめされ叩き壊された」「これらのはがゆき愚昧の民族共」として彼の視線上に登場している。そして〈高遠な思想〉を把持する者が「はがゆき愚昧の民族共」に対して抱く感情は次のようなところに行きつくのであった。『麦と兵隊』五月十六日の項に記されているけれども、孫圩付近の激戦に巻きこまれた火野は兵隊たちと共に生死の境に完全に投げ出されたが、そこで火野の中国兵に対する心は激しく揺れ動いている。まず極限状況のもとで彼を初めに襲ったのは「貴重な生命がこんなにも無造作に傷つけられた」ということに対する激しい憤怒の感情である。と同時に、そこから反射的に彼は自分たちをそうした危機的な状況に追い込んでいる中国人兵士に対し憎悪の念に駆られ「敵兵を私の手で撃ち、斬ってやりたいと思った」。火野の心の中で幾多の動揺を重ねてきた中国人兵士に対する像は、ここにおいて、ようやく焦点を結ぶこととなったのである。再度、この経過を辿れば日常的な感情レベルでは敵兵に対しても隣人としての親近感を覚えるが、いったん日本兵が生命を脅かされることになれば〈祖国〉と、それがもっている〈高遠な思想〉を後楯にして憎悪の念をたぎらせるということになるのであった。[14]すなわち「国と国との争いのために、なんの恩怨もない人間同士が殺しあいしなければならない」（『魔の河』）図式がここにあり、また考えようによっては、そのどうしようもない無常感、無力感をとらえて〈悲劇の共感〉をみることができるかもしれない。しかしながら、主に『麦と兵隊』の引用からも明らかなようにあの時点で火野個人の考え方のなかに国家の論理が巣喰っていたのは事実であり、火野は中国兵が斬殺される場面から目をそらし、自らの人間性を喪失していないことに安心しているけれども（『麦と兵隊』末尾）、そうしたことをもって中国兵（あるいは中国人苦力）の悲劇と日本兵および仲仕の悲劇とを重ねあわせる境地に達していたとみるのは早計ではないか。

おわりに——火野的ヒューマニズムの限界

〈悲劇の共感〉それ自体は、きわめて人間的な情感というべきであり、ヒューマニズムの中核に位置づけられるものだと言っても間違いではない。火野の資質が論じられる際に、その象徴的な隈取りとして彼の豊かな人間的情感が評価され、それらはひとくくりにして庶民的ヒューマニズムとも称されるものであるが、小論で取りあげてきた『魔の河』のモティーフとも言うべき〈悲劇の共感〉との関連において、世評に流通している彼のヒューマニズムにはいくらかの問題が伏在しているように思われる。そこで最後にその点を併せ指摘することにより小論を閉じることにしたい。

試みに、まず次の一節を引いてみる。「一つの生命をここまで育てるには筆紙に尽されぬ尊い努力が惜しみなく払われている。ここまで育てられたこの生命は、又為すべき貴重な将来を持たせられている。然も、ここに居るすべての兵隊は、人の子であるとともに、故国に妻を有する夫であり、幾人かの子を残して来ている父ばかりである、我々の国の最も大切な人間ばかりである」（『麦と兵隊』）。これは確かに作者の人間的な優しさを示唆するに十分な一節であるが、「最も大切な人間」たる〝夫〟や〝父〟の境遇から導き出される共感は、どのような方向において成立するのであろうか。それは銃後に残してきた妻・子・親、そして彼らを包摂するわが祖国、そうした方向において成立可能な共感構造であったはずだ。われわれは、こと改めて「最も大切な人間」たちを、はるか戦地へ引っ張り出した祖国＝国家に対する怒りの不在や、あるいは相手を殺さねば自分が殺されるという土壇場へ人間を追い込み、殺す意志のない人間に私怨のない人間を殺させる戦争と真正面から対決する視点が欠落しているということで火野を批判するつもりはない。ただ、自らを「皮膚のようなヒューマニズム」[15]の持主と規定した作者にして対蹠地点ともいうべき中国人民衆の立場がすっぽりと欠落していることは指摘せざるを得ないのである。この対蹠地点の欠落こそが、とりもなおさず当時における〈悲劇の共感〉の成立をわれわれが否定的に考えざるを得ない根拠なのだ。この、いわば歪みをもったメンタリティは侵略戦争に狩り出された善良で「最も大切な人間」たちにも一般的に認められる傾向であったはずだし、そして、この歪みこそが〈東洋鬼〉たらしめたものでもあったろう。「先頃は共匪、黄槍会という奴を討伐して来ましたが、槍丈を持って居った奴等で逃げた奴もありましたが、残った二、三十名皆殺しにして来ました。黄色い房の付いた槍を沢山取って土産に帰ってきましたが……」(『戦没農民兵士の手紙』岩波新書)と銃後の家族あてに書き送った筆者にしても、また、そうしたタイプの農民兵士であったと思われる。換言すれば、ここに認められるメンタリティの持主たちは概して誠実であった。日本人特有のこうした誠実さは「肥えたご主義」(日高六郎)[16]とも言われるけれども、戦時下に発揮されたそれは、おしなべて国家活動のベクトルに合致するものであったし、だとすれば、やはり〈悲劇の共感〉と乖離する態のものであったのは当然である。以上述べてきた一連の文脈を辿ると、当時の日本人が体現していた誠実さは、国家の価値感情を受容し、それが示した方向性に従うなかで発揮されたものであり、であればこそ、真の知性を手離さなかった思想家はいみじくも次のように述べざるを得なかったのである。「現代のような逆説的時代には、真の誠実は絶対に誠実らしさの風貌は取り得ない。現代のモラリストたちとの間においの勢い上、不可避的にイモラリストとなる」[17]と。おそらくはイモラリストたちとの間においては、文字通り〈悲劇の共感〉が成立する可能性はあったと思われるが、それはさておくとして火野のヒューマニズムに認められるのは結局のところ日本人あるいは日本人の世界においてのみ一巡し完結してしまうものであった。それゆえ火野が応召兵として杭州湾上陸作戦に従った時には、ひとりの兵士としての戦争体験と先年の石炭仲仕としての上海体験とを重ね合わせることによって兵士と仲仕との間に〈悲劇の共感〉が成立したにちがいない。しかしながら（二）で言及したように中国人苦力（あるいは兵士）の介在による辻昌介の混乱と昏迷に満ちた思考のさなかで、あるいは同時体験をもとにおびただしい戦争小説を書いていた当時にあって、中国の民衆をも射程に入れた〈悲劇の共感〉が彼の認識としてあったとは思えないのである。すなわち『魔の河』に見出された、この枢要なモティーフは八・一五以前に調達されたものではなく、敗戦という根底的な価値の転換に直面することによって、ようやく国家価値の論理から自由の身となった時点で、火野は中国人苦力ないしは兵士と日本人たる仲仕・兵士の間に横たわる〈悲劇の共感〉という視座を獲得することができたのである。以上、述べてきた論旨からすれば「この作品のテーマは二十年以上も前から書きたかったものである」と火野が『魔の河』のあとがきに記した時、あえて言うならばそこにはなにほどかの嘘が含まれていたと言わざるを得ないのではないか。嘘の存在を指摘することでわれわれが火野を倫理的に批判しようとしていると受けとめられるのは真意ではないけれども、つまるところ杭州湾からインパールまでという広大な戦闘地域に足跡をとどめ、その間、八年余にわたる従軍参加の経歴をもつ火野が「満身創痍の果てに辿りついた、血を吐くような地獄の展望」（上野英信『天皇陛下萬歳』筑摩書房刊）として提起した〈悲劇の共感〉は、かけがえのない体験の数々をもちながら、思想的には何ひとつ、その体験を普遍化する方法をもち得なかった作家にとって、ともかくも唯一抽象化の可能なテーマであったように思われる。

（1）『中野重治全集　第十巻』（筑摩書房・一九六二年）三九三頁。
（2）J・P・サルトル『『レ・タン・モデルヌ』創刊の辞』、（『サルトル全集　第九巻』伊吹武彦訳、人文書院・一九六一年）十頁。
（3）「戦争文学の周辺――火野葦平論――」（『戦争文学論』勁草書房・一九六四年）一七八頁。
（4）小論では光文社版・一九五七年刊の単行本によったが、この作品の初出は『群像』一九五七年九月号である。
（5）『火野葦平選集　第八巻』（東京創元社・一九五九年）
（6）火野の、この頃の軌跡を考察したものとしては第一章「火野葦平の思想体験――作家以前について」を参照されたい。
（7）飛鳥井雅道「民族主義と社会主義――火野葦平のばあい――」（桑原武夫編『文学理論の研究』岩波書店・一九六七年）一七五頁。
（8）『文芸五十年史』（鱒書房・一九四二年）四一三頁。
（9）佐藤勝は、この問題を火野の美意識という側面から考察した際に「……昼間の疲れで横になるとすぐにぐっすりと眠ってしまう兵隊で満たされてしまった。まもなく、あちらこちらから鼾が聞えて来た。蛍が一匹こちらの岸から向うの岸へと飛んで消えた。月光の中に眠る兵士の姿が私達には限りなく愛しいものに感じられた」（『麦と兵隊』五月十三日）のくだりをとらえて、火野の感動を誘い出した契機は月光であり、また蛍の光であり、眠っている兵士の姿そのものではなかったと論じ、それを通じて佐藤は火野の中に伝統的抒情と隣接した美意識の構造と傍観者的視点を析出した（「『麦と兵隊』における火野葦平」『国文学』一九七〇年六月号、学燈社）。佐藤の指摘は鋭く傾聴に値すると思うけれども、筆者としては火野の場合、「眠る兵士の姿」そのものに「歴史の間道」を生きる者への共感＝美意識があったと考える。

（10）平野謙は島木健作の『再建』発禁（一九三七年六月）と石川達三の『生きてゐる兵隊』筆禍事件（一九三八年三月）をもって「昭和初年代の文学が昭和十年代の文学へと移行せざるを得ない最初の文学的関門」（『昭和文学史』筑摩書房）であったと述べているが、それ以後の文学に加えられた軍国主義的統制を顧みる時、石川の筆禍事件をもって公表し得る戦争文学の限界が奈辺にあるかが明らかになったと言えるだろう。すなわち、この事件をターニング・ポイントとして兵士を人間として描き、その矛盾と苦悩を描くことは許されず、戦争の矛盾、戦場の暗黒面を書くことも禁じられることになったのである。

（11）こうした印象は火野ひとりのものではなく、たとえば金子光晴も「鈍重なその苦力の表情をちらりとのぞきこんでも、大きな図体で、無抵抗以外のどんな感情もみつからなかった。白河の濁った水のようなもので、その底にしずんでいるものを識別するのは困難であろうか」と述べている（「没法子」・『中央公論』一九三八年二月号）。

（12）介山は火野の『魔の河』体験期と同時期に中国大陸を旅行し、その時の感想を『日本の一平民として支那及支那國民に與ふる書』（春陽堂、一九三一年）として上梓したが、同書の中で随所に苦力や車夫や物乞いたちのバイタリティと生き様について抱いた感想を書き記している。

（13）他民族に対する、このような優越性の観念は彼の属する国家的秩序を外延的に拡大することによって調達可能となったものである。すなわち丸山真男によれば国家的秩序は「絶対的価値体たる天皇を中心として、連鎖的に構成され、上から下への支配の根拠が天皇からの距離に比例する」（傍点は丸山）ものであった。（「超国家主義の論理と心理」・『現代政治の思想と行動』未来社、一九六四年）二三頁。

（14）中野重治は、こうした点をとらえて「強盗が、押し入った家の子供か何かが抵抗してくるというのでたちまち憎悪にかられて祖国を持ちだすというのは常識では解せぬことである」と、いかにも中野らしい口ぶりで述べている(「第二世界戦におけるわが文学」・前掲『全集』四二三頁)。

(15) 火野は昭和二十三(一九四八)年五月二十五日付で公職追放の指定を受けたが、翌年五月、彼は自らが指定を解除さるべき申請をなした。その際に免除さるべき理由として彼自身「私の皮膚のような、このヒューマニズムは……」と記している。なお、公職追放という戦後状況の新たな展開に巻きこまれた火野が、過去の自分をいかに総括し、その総括がどのような限界をもつものであったかという点については、第五章「『覚書』G項指定と火野葦平」を参照されたい。

(16)『シンポジウム・現代日本の思想』(三省堂新書・一九六七年)二八頁。

(17) 林達夫「歴史の暮方」(『林達夫著作集 5』平凡社・一九七一年)一五六頁。

参考文献

〈全集〉
『昭和戦争文学全集』全一五巻、別巻一巻(一九六四~一九六五、集英社)
『戦争文学全集』全六巻、別巻一巻(一九七一~一九七二、毎日新聞社)
〈単行本〉
三枝康高『思想としての戦争体験』(一九六〇、桜楓社)
上野英信『天皇陛下萬歳』(一九七一、筑摩書房)
開高健『紙の中の戦争』(一九七二、文藝春秋)
木村敏雄『傷痕と回帰』(一九七六、講談社)
竹長吉正『日本近代戦争文学史』(一九七六、笠間書院)

安田武『定本　戦争文学論』(一九七七、第三文明社)
菊畑茂久馬『天皇の美術』(一九七八、フィルムアート社)
飯塚浩二『日本の軍隊』(一九六八、評論社)
鶴岡善久『太平洋戦争下の詩と思想』(一九七一、昭森社)
大岡昇平『戦争と文学と』大岡昇平対談集(一九七二、中央公論社)
五味川純平『極限状態における人間』(一九七三、三一書房)
高崎隆治『戦争文学通信』(一九七五、風媒社)
文学的立場編『文学・昭和十年代を聞く』(一九七六、勁草書房)
東京大学社会科学研究所編『ファシズム期の国家と社会・第六巻』(一九七九、東京大学出版会)

付論　大熊信行論ノート

大熊信行論ノート　配分理論と転向

科学として
説きつ行ふ
ものどもの
卑怯なるを見る
瞬きたるべし

こゝろのみ
何にすがらむ
めつむりて
えも逆らはず
身を剥がれゆく

（信行）

はじめに

大熊信行（一八九三—一九七七）は、なかなかに評価の定まりにくい思想家のひとりと言えよう。一九二一年に東京高商専攻科卒業後、小樽高商教授、高岡高商教授、一九二九年には独仏米留学、その際にカール・コルシュに師事という戦前の履歴からもうかがえるように、彼の本業とするところは、まぎれもなく経済学者である。

大熊は、その本業とする経済学の領域で着想した、彼の経済学体系における鍵（キー）概念とも言うべき時間配分理論を縦横に駆使しながら、ジャーナリズムの分野でも多岐にわたる問題系列について多くの仕事を残している。そこで行論の展開上、まず彼の時間配分理論について、そのあらましを、ごく簡単に述べておきたい。

東京高商時代、大熊は福田徳三に師事し、「社会思想家としてのカーライル・ラスキン・モリスの比較研究」と題する卒業論文を提出したが、そこでは旧来の労働苦痛説を排して、ラスキンらの労働快楽説を受け入れる立場から「労働そのものに歓びある時、そは報酬の問題を滅却するであろうとの推断——その裏面には報酬は苦痛に対して支払わるるものとの旧き観念が死なずにいる——こそ、吟味を必要とするものではないであろうか」と問題を提起している。そして、さらに彼は自由な労働者が喜びを感じつつ労働をするにしても、単に労働のみにとどまらず、すべて人間の生活過程は欲望充足過程であり、そして、それは例外なく時間的過程をとるのであって、それゆえに労働もまた、生活過程における配分素材としての時間によって数量的限定を受けるという点を指摘した。いま、ここでは一九二九年に書かれた『経済理論的思惟に先立つもの』から配分理論の鍵概念たる時間配分概念についてのテーゼを引用しておこう。

「人間生活はその具体性において視察されるかぎり、つねに充足過程であるが、いかなる欲望充足過程といえども、時間的過程をとらぬものはない。時間はつねに制約であるとともに、一つの生活素材である。そして、それらがひとつの素材であるという考え方こそ、経済学的思惟がとらざるを得ないものである。生活の充足過程に必要な幾多の物質的要素のほかに、すべての充足過程を通じて欠くことを得ない最も基本的なもの、最も普遍的なものは、実に時間であ」り、かつ「いずれにしても生活計慮の根底によこたわる一次的な配分素材は時間」なのだ。

このように人間の生活秩序を基礎的に制約している時間については、従来より「学問上問われたことのなかった一問題」として、時間配分の原理こそ、人間の全生活過程をつらぬくところの統一原理にほかならぬ、という見地から、大熊は、単に経済学の分野のみではなく、この国にあっては、めずらしく眼くばりのきいた広汎な領域における聴問者として、ユニークな仕事をやりつづけてきたのであった。

彼の時間配分理論の最も実り多い仕事として、いまなお、わたくしたちの知的共有財産たり得ているものは、彼が日中戦争勃発前の一時期、集中してなしたところの文芸・映画批評ということになっているようだが、それ以外に（時間配分理論の応用篇というわけではないけれど）大熊が筆を染めた問題系列を、とりあえず列記すれば、次のごとくなる。たとえば、戦前にあってはプロレタリア派に近い新興短歌運動のすぐれた実作家にして歌論家であったし、戦後は、まずなによりも『国家悪』の著者として国家論は彼の枢要なテーマのひとつであり、また教育・家庭論といった領域においてもポレミークな論陣を張ってきている、という具合に。

ところで「大熊信行という名ほど、毀誉褒貶の真只中に立たされているものはすくない」（柴田高好「大熊信行と国民主義」・『日本』一九六五年二月号所収）と言わしめるゆえんは、いまもみたように守備範囲の広い、しかも多産で息長い彼の評論・社会活動のうち、いつの時期の、どの領域、どの断面にアプローチするのか、にもよるけれども、つまるところ、彼の十五年戦争下における営為を如何に評価するかという点にかかっているように思われる。

たとえば、今日、あまり多いとは言えない大熊論のなかで「翼賛体制下における彼の思想・学問生産の方法」を高く評価する鶴見俊輔の立場が一方にあり、他方、杉浦明平、松浦総三、小川徹といった人びとによる「国家総戦力」を領導したイデオローグ・大熊を切って捨てるがごとき厳しい弾劾がある。

わたくしは、この小論において、これら諸家の評価の吟味・検討をおこないつつ、新たな大熊像を積極的に提示するつもりはなく、また、戦時下における彼の〈強さ〉や〈弱さ〉を判定すべく裁判官や検察官の立場に立つことを望むものでもないのである。強いて、わたくしの問題視角を開陳するとすれば、それは「戦争にまきこまれ難い本性を典型的にそなえていたにもかかわらず、きりきりとその車輪にまきこまれていった」（小宮山量平「ある時点での凝視」・『思想の科学』一九五九年十二月号所収）大熊にあって、その車輪の軋めく音を、わたくしなりに聴きとりたいという点にあるだろう。

なお、その際に小論の考察対象が経済学者・大熊の仕事に限定されていること、また十五年戦争下の彼の営為を時間的にすべてカバーしているわけではなく、そのうちの一時期について述べるにとどまることを、あらかじめお断りしておく。

一

以下、戦時下の大熊経済学が配分理論の拡充という形で、いかなる屈折と変容を遂げていったかという点について述べてゆくことにするが、その前に彼の問題関心の拡がりを、いますこし、うべなっておきたいと思う。

大熊が時間配分論の応用としてユニークな文学論・大衆娯楽論を展開したことは、はじめにもふれたが、たとえば『近代読者の成立』の著者、前田愛は、大熊がこの領域においてはたした仕事を「芸術大衆化論をふくむプロレタリア文学批評の成果を踏まえつつ、戦前におけ る読者論のもっとも優れた達成」（傍点は今村）と評している。いまだ、みずみずしい今日的有効性を喪うことなく、われわれの知的共有財産たり得ている、この領域における彼の業績は『文学と経済学』（一九二九年）にはじまり、『文学のための経済学』（一九三三年）、『文芸の日本的形態』（一九三七年）、『文芸試論集』（一九四二年）に盛り込まれている。

すなわち、そこでの大熊の所説をかいつまんで述べれば次のようである。

従来は文学の分析、批評といったものが作家の側からなされてきたが、逆に消費者たる読者の側から、社会的欲望の対象として考察する必要はないだろうか、と彼は問題を提出する。社会的な消費物として文学を規定するかぎり、それはラジオ・映画・スポーツなどと同じく、ひまつぶしの娯楽ということになる。文学の消費者は一日の生活時間から労働睡眠時間を差し引いた閑暇の時間の一部を読書に当てるわけだが、閑暇の時間の、どの部分を読書の時間に充当するか、といったことは全く消費者たる読者の自由に委ねられているのであり、そういう意味で読者は時間配分の自由を保留しているということになる。これまでひまつぶしの方法として疑いもなく第一位を占めていた文学の読書が、ラジオ・映画・スポーツなど、他の娯楽の進出によって、その地位を奪われつつある状況のもとで、人びとが閑暇をどのように配分するかは興味深い問題となってきている。――

大熊の立論の趣旨は大雑把に言えば、いまみた通りだが、配分理論をくり込むことによって文芸・映画・文明批評を射程距離に入れた包括的な体系性をもつ独特の批評原理をつくりあげ、結果、彼は知的ジャーナリズムのうえにも確固たる地位を占める論客となったのである。大熊が、これら文芸に関する旺盛な評論活動に従事した昭和十年前後という時期は、ちなみに大森義太郎・三木清・戸坂潤といった大熊同様、学者にして文学は「余技」にほかならぬ人びとが、この分野で意欲的な発言をした時期に相当する。

さて、以上みたごとくに幅広い関心領域をもっていた大熊が、これら「余技」に関して筆をとることを絶ち、本業とする経済学の研究に専念することを決意させたのは、いわゆる「日支事変」の勃発であった。このいわゆる「日支事変」を契機として、おのれの人生態度を自覚的に選択することになったのが、ひとり大熊のみでなく、多くの知識人をふくむ、ほとんどすべての日本人にとって同じような意味をもつ社会的出来事であったのは、すでに、この間、精力的にすすめられてきた一九三〇年代論が明らかにするごとくである。

　杉山平助は、その自著の中で「階級の問題と民族の問題について、イザという時、日本の大衆が、どっちにより深く魂をゆり動かされるものであるかが、これで明らかになった」（『文芸五十年史』・鱒書房・一九四二）と同時代の日本人を批評しているが、「イザという時」に際会し、大熊の魂をゆり動かしたのも、まがうことなく日本の大衆と同質のものであった。考えてみれば、この国の知識人の多くは、当時の時代錯誤と理性的思考の破産という状況のもとで、それを見抜く材料が決して乏しかったとは言えないにもかかわらず、知性をもって社会的現実と応接しようとはしなかった。およそ〈日本〉という概念が一般大衆にとって分析的対象とはなり得ないのと同様に、知識人と称される人びとにあっても、それが思考の対象でなく感じ入るものでしかなかったとする加藤周一の指摘を適確なものと思う（「戦争と知識人」・『近代日本思想史講座4』筑摩書房）。

　この当時のわが身をふり返って、大熊は戦後に書いた文章の中で「戦争となった以上は、国家に殉ずるよりほかはない。応分の働きをするのだ」（「個における国家問題」・一九四七年執筆・『国家悪』所収）という想念をもった旨、明らかにしたが、この大熊の想念にしたところで、知性によって構想された価値・真理概念からほど遠いところで戦争を受け入れていく受動的態度と言えよう。

ところで、一方、彼は自分の息長い学者遍歴を回想する時、つねに自分は戦争期に育ったと言い、また自分の研究は戦争によって伸びたのだという言い方をしている。なるほど、自分の研究が戦時中に伸びたということはあって、「学神に魅入られた」(安井琢磨の大熊評)と称されるような考究をつづけた大熊は、『経済本質論』(一九三七)、『政治経済学の問題』(一九四〇)、『国家科学への道』(一九四一)と、どれもみな相当のボリュームをもつ著作を、たてつづけに世に問うている。これらの著作がもつ性格は一様でないけれど、ただ時局的関心の方向を微妙に反映している点だけは、はっきりしている。

大熊の戦時下における学問的営為を一言で総括すれば、それは彼が理論経済学上で把持してきた配分理論を政治理論にまで拡充することによって、政治経済学(国実総力秩序の理論体系)に、ひとつの合理的基底を与えようとした点に求められる。すなわち、国家総力戦をたたかい抜く理論体系は、すべからく「国家生活の全体的な精神表現としての学問の体系」(『国家科学への道』)であらねばならないとし、このような学問体系は「政治経済学」において定位される、というのが大熊の所説であった。ならば彼が言うところの「政治経済学」は何を課題とするかと言えば、「政治が国家総力の組織者としての立場」をとるに至った総力戦段階においては、国家総力の限界認識と総力配分こそが問題なのである(大熊の政治経済学については、『政治経済学の問題――生活原理と経済原理』・日本評論社刊・一九四〇年に集大成されている)。

大熊が、このように政治経済学を精力的に提唱した当時にあっては、戦争経済・国防経済・意志経済などの呼称のもとで、戦争問題の理論的把握をめぐって諸々の対立があったけれども、彼は中山伊知郎・赤松要など、それぞれの立場に立つイデオローグたちとの間に論争を構えたのである(板垣与一の『政治経済学の方法』・一九四二年によれば、当時のわが国における経済学界では純粋経済学・政治経済学・日本経済学の三方向で認識努力がなされた。なお同著末尾に政治経済学を標榜して書かれた研究文献リストが附されているけれども、そこに大熊の関係文献もひとまとめに収録されており、彼の当時の精力的な仕事ぶりがうかがわれる)。とは言え、いずれにしろ、神がかり的に日本精神を強調するものから、ゴットル・シュパンの学説に依拠するものまでを含めての諸対立も、しょせん、戦時統制経済のもとで、その体制を基礎づけ、かつ積極的に展開するための〝新しい経済学〟であったという点では基本的生活を一にしており、総じて全体主義的・国家主義的なイデオロギー表現であったことに何らかわりはないのである。

アカデミック・サークルにみられる、これらの対立に、たとえば高島善哉の経済社会学や杉村広蔵の経済哲学などを加えて、当時の状況と配置図を、もう一度描き直してみることは、それなりに意味のあることであろうが、行論の展開上、そこまで筆を及ぼすことはないと思うので、以下、大熊が総力戦体制を領導すべく配分理論の拡充を、どのようになしていったか、という点に絞って考察をすすめたいと思う。

二

大熊は一九三七年の「日支事変」勃発の時期まで、およそ経済的実践のあるところ必ず配分形式が見出されるという普遍的事実をふまえて、諸々の経済学者の理論体系から配分という経済の本質概念を析出しつつ、経済学における配分理論の驚嘆すべき広汎性のまえに、配分概念を結合因子して労働価値学説と主観価値学説を綜合する試みに精力を注いできた。

こうした彼の理論的な関心方向から、政治経済学を提唱し、国家政策レベルで配分理論の具体的な応用を企てるに至った。その関心の所在は、いずれにしろ大熊自身の研究姿勢と理論の拡充を意味している。すなわち、ここに言う拡充は、学徒としての大熊が時代の要請にうながされて応召し、思想勤務についたことを意味している。

『政治理念としての総力配分』は一九四〇年に執筆されたものであるが、現在は『国家政策としての総力配分』と改題のうえ『資源配分の理論』（東洋経済新報社刊）に収録されている。この論考は大熊が当時の戦争目標を受け入れ、ファッシズム勢力のもと挙国一致的な戦争努力を合理化するために、配分理論の応用的展開を試みたモニュメンタルな作品である。それゆえ、以下、この論考を手がかりに配分理論拡充の跡をたどってみたい。

大熊は、いかなる社会的与件のもとであろうとも、平時・非常時あるいは資本主義・社会主義の別を問わず、配分原理による総力科学的な認識の必要性をくりかえし説いているが、特に国家総力戦段階において、国策の総力科学的編制が要請されること、論を俟たない。

ところで、大熊は、この「国家総力」の内実に関する定義づけを行ない、それは政治行政体系・国防体系・産業体系の三部門によって構成されるという。つまり国家総力戦段階にあっては、三部門に示される国家総力の全体性的把握ということが、政策的実践の基本認識とならざるを得ないけれども、その場合、政策的実践の基礎をなす国家の自己認識は、第一に限界原理に立ち、第二には総力配分原理の認識のうえに立たなければならない。

　国民生活における経済的活動と経済外的活動の全面的な分岐は、ともに生活原理としての配分原理の支配下にあるが、もとより国家総力戦下においては経済的領域・経済外的領域の弁別をしたうえで、配分原理は経済的領域をつらぬくプリンシプルなどと経済学の概論的悠長さが許されるはずはないのである。一国の産業体系を国防的態勢に変容させる原理も、一国の産業労働の一半を兵力に転化させる原理も、それが配分原理に立脚するよりほかにないという点を考える時、おのずから配分原理は政治哲学の位置を占めるものであることは明らかである。すなわち、「国家の自己認識における説明の原理と、目的論的な政策原理の形式的構造とが、いずれも配分の観念」に依拠せざるを得ないものだと主張することによって、大熊は自らの学的体系の中に国家を取り込んだのであった。以後、政策主体としての国家の役割を、いかに位置づけるかという問題こそが戦争期における大熊の政治経済学における主題であった。

　学的出発以来、久しく非政治的態度でもって、普遍概念としての配分原理を先行する経済学諸理論の中に析出し、その発見感にひたることが大熊の喜びでもあったわけだけれど、戦争をきっかけにして、一転、国家（＝政治）の眼から配分原理を見直す作業にとりかかった大熊の営為を、いかに評価するかということが、戦時下の大熊評価のポイントであろうと思われる。

状況にうながされた、かかる関心の移行において、大熊自身「戦争責任という問題からみるとどういうことになるかは、わたしにもわからない」（「経済学と戦争責任」・『エコノミスト』・一九六二・十・三十）と述べているが、しかし、すでにみたような配分原理の拡充について、それ自身の原理展開にもとづく必然的な帰結にほかならないとする彼の主張は、敗戦直後、自己分析と自己総括を意図して筆をとった『告白』以来、今日に至るまで不変である。たとえば彼の著『資源配分の理論』には、その末尾に「政治理念としての総力配分」の解説が附されているけれども、彼は、この時期の自分の道ゆきをふりかえって次のように語っている。「わたしが定立した配分原理は、原理性に固有の生命力と発展力をもって、わたしを引きずり、爪をあげた子供たちが、いまはその爪に引きずられるように、わたしを経済学のこれまでの限界の外域へ、引きずり出した」と。

なるほど大熊が言うように、配分理論の拡充が、その理論自体のうちに潜む「固有の生命力と発展性」によってもたらされたものであったとしても、それが果たした現実的機能と客観的な役割については別途、考えなおす必要があるだろう。すなわち、高度国防国家体制が叫ばれはじめた段階で、各種の措置が、いかなる時に、どこで、いなかる程度に必要であるかの政策決定は、すべからく配分原理に依拠しなければならないし、かつ「これを正当に判断する立場は、なんらかの部分的体系の立場ではありえない。それは部分的立場をこえた全体的な国策の立場である。この国策の立場は、実に総力配分者の立場である」と大熊はくりかえし説いている。こうした大熊の文脈が「戦争リアリズム」（藤田省三氏）と直結するものであることは、もとより当然と言わなければならない。ひとたび戦争の火ブタが切られたならば、軍事行動の成否は全社会のエネルギーの集中と配分のいかんによって左右されるわけであるから、配分原理にもとづいて軍事的必要に応ずる一切の合目的な編制が要請されること、これまた自明のことと言えよう。

で、こうした総力配分者（国家）の立場から必然的に導出される国家総力の科学は、言うならば、それ自体、戦時経済政策理論なのであり、生まれながらにして時論的・政策的性格をもった「国家総力戦の技術学」（大熊）にほかならない。

大熊は言う。「戦争目的の達成が窮極無二の目標である場合、多くのものがこの目的への手段として考えられねばならぬということは明瞭である。物も人も、実際に手段として取扱われなければならないというのは事実であって論証を要することではない。総力の科学は人および物をもって戦争遂行の一般手段と解するところの技術学の原理である」（「国家総力と人間生産」・『国家科学への道』）。わたくしは、ここにおいて「戦争リアリズム」の極致が説かれていると思う。なるほど総力戦理論の内実が、物だけではなく人間すらも戦争遂行のための手段として位置づけるものであることは、事実であり論証を要することではない。この時局段階に照応して変容をとげた、大熊の人的資源配分理論も、また、人間を精神的・肉体的素材として、いわば物理的単位量において取り扱うという意味で、いかにも逞しい政治観念の流通した国家総力戦段階を領導するにふさわしい政策理論であったと言えよう。つまり、これまでみてきたような基本的枠組みをもつ大熊の配分理論こそ、論理的に詰めるならば、より合理的より徹底的な戦争体制を整理するための、最も積極的な奉仕理論であったとすべきである。こうした総力戦理論としての配分理論は、言ってみれば技術論的な主張を基調にしながら、物や人をすべからく戦争遂行のための手段とすることで、多くの人びとを一定方向に組織づけ、統合するものであったが、この理論の現実局面における機能は社会的に、いかなるハネ返りをもたらすことになったのか。ある社会学者は、この点について次のごとく述べている。——つまり、戦力最大化の要請にもとづいて、全国民の全能力の動員がおこなわれ、この動員が一つの求心的な社会構造をもたらすことになる。精神的動員、人的動員、物的動員をとおして、国民の間に同時同方向的な攻撃反応の集積である「国家的攻撃性」、あるいは「戦時体制」が形成されることになった、と——(高橋三郎「戦争研究と軍隊研究」・『思想』一九七四・十一)。

ところで逞しい戦争リアリズムを支える基礎理論として、当時の強力支配の論理を見事に体現した大熊の配分理論も、注意深く読むならば、その文脈から国策批判の伏線がみられないわけではない。「心の底から戦争を信じているのでもないのに、目のまえの戦争に関連させた形で、ある理想をかかげ、戦争の動向とその歴史的な性格がその方向へ向くものでもあるかのように、また、向かねばならないものでもあるかのように」(「戦争体験における国家」・

『国家悪』）考えていたという大熊にしてみれば、そのような伏線をこそ読みとってほしいということになるのかもしれぬ。

三

ところで目のまえの戦争に関連させた形でかかげた、「ある理想」とは、大熊にとって、いったい何であったのだろうか。彼は自分が戦時下に意図したところを戦後になって、くり返しふれているが、それは一言で言えば戦争体制の強化というたてまえにおいて、実際の資本主義体制をいくらかでも前進的に変更させていく点にあった。

当時の知識人たちが生きていくうえで残されていた道が沈黙をつらぬくか、それとも戦争にすべての責任をかけて、戦争の意味転換をはかるか、という二者択一的な道であってみれば、大熊の描いた軌跡は言うまでもなく後者を自覚的に選択したものであったと解することができるだろう。しかも、戦争の意味転換をめざす人びとをも包含する形で構成されている戦争協力陣営は、さまざまのバリエーションを有しているのであり、その内部における配置図を大熊は次のように描いてみせた。「一方には『一億玉砕』『湊川精神』の鼓吹にまでいきついてしまった日本主義者・天皇主義者の諸思想、他方には近代的合理主義の立場を放棄することなしに、しかも戦争協力にすすんでいった国民主義的な諸思想」の存在がそれであり、しかも国民主義的な諸思想のなかには資本主義体制そのものを擁護しようとする者と、国防体制下の全体主義的な「計画経済」を通して社会主義的体制への接近を志向するものが含まれている（「大日本言論報国会の異常性格」・『文学』一九六一・八）。そして、大熊が主観的に意図したことは、ここに述べた最後の類型に区分されるもののようであるが、なるほど公定価格の設定、配給機構の確立、労働編成の計画化などにみられる計画経済政策の片鱗の実現は大熊らのごとき意図をもつものにとって有頂天にさせるものがあったであろうし、そうした意味で結果的には最も積極的な戦争協力者となっても、新たな経済秩序の確立にわが身をかける気になったというのは、それなりに解することができる。

しかしながら、そうした〈対応〉が救うべからざる誤謬にほかならぬことは、もはや、言うまでもないのだが、大熊（ら）をして倒錯した判断を導出させることになったのは、ひとつに彼（ら）の理論感覚の欠陥と、いまひとつに抽象的な、すなわち政治思想を漂白した形での〝現実〟把握にみられる教養派的なひ弱さにあったと思われる。今日、わたくしたちにとって社会主義というものが、まず、何はさておき政治思想であるとする理解は、ほぼ常識的な自明性をもっているけれども、しかし、ここで問題としている大熊を含めて、戦時下の知識人たちが社会主義というコトバに託して示していた特徴的理解は、いわば政治思想抜きの狭義の計画経済即反利潤追求主義という程度のものにほかならなかった。この点、たとえば高畠通敏も当時、多くの知識人が持ち合わせた翼賛体制への同一化を導いた実質的な価値観――合理的・計画的な経済体制の讃美――の背後には、彼等の経済主義的思考があったからだ、と述べている（「生産力理論と転向」『思想の科学』一九五九・五）。

このような、いわば偏倚な社会主義に対する理解を大熊は、のちに『告白』において自己批判し、軍部による全面的な政治の掌握のもとで、言論・思想の自由をはじめとする、あらゆる基本的な人権が圧殺されている現状をもって社会の前進過程と誤解したことは、社会主義の本質についての盲目以外のなにものでもないと述懐しているが、その通りである。

いずれにしろ、大熊が社会主義体制を抵抗の原理としてではなく、逆に進行する翼賛体制への幻想を抱かせる原理と誤認した背景には、抽象的に措定した〝現実〟を対象として（この点、たとえば彼が社会科学者としての成熟期に展開された、例の日本資本主義論争に関心を示した跡がまったくみられない、という端的な事実を想起してほしい）、生活諸様態や諸理論に伏在する配分原理のアテハメ学問的な析出・適用という、いささか形式論理的な大熊の方法があったと思われるのである。

さて、とりあえず以上のことを述べたうえで、次に彼の国策批判の文脈をみておくことにする。

国家総動員法は総力戦国家原理の発現を象徴するものとして一九三八年に出されたが、この法は物・人を含む、あらゆる資源を戦争政策遂行に向け合目的的に動員・配置しようとすることを意図し、これを阻害するさまざまの社会的な不均衡を「是正」していこうとするものであった。そこで実現される総力戦国家の機構化は、むき出しの物理的な強制によってなされたのだが、およそ、ひとりびとりの個的な生活条件についての丹念な配慮をもつものでなかったことは、わたくしたちの体験的事実に属する。

大熊は、当然のことながら、この国家総動員法（体制）に強い関心を示し、これについて多くの論評を加えているが、そこで彼が展開した所説は一貫して、法体制が国民の個別生活をまったく無視したまま実施される現実過程に対しての批判的立場であった。たとえば大熊は『国家総力と人間生産』において、いかなる戦争政策の遂行にもまして、永遠に犠牲とすることのあるまじき部分は、国民的生命の生産力維持を目的とする構成部分であり、この民需こそ、いかなる場合といえども物動計画の軽重順位の第一位を譲ってはならないものだ、と主張している。こうした大熊の主張は、用途別の軽重順位が民需を最下位におくという「奇怪といえばまさに奇怪」な国策に対する手厳しい批判として提起されたものであることを忘れてはならない。

さらに、こうした被規制者（国民）の個人的な利害の立場を充分に顧慮すべしとする彼の意見は『配合原理と割当問題』の一節「国家総動員法における配分問題」でも強く打ち出されており、現実政策に向けられた批判のホコ先は、一九四三年段階においても鈍っていないことを知ることができる。大熊の説くところは、こうである。いささか引用がながくなる点、ご海容を願いたい。「大東亜戦争は国民全体にとって一つのものである。しかし国民各位にとっては、それは一面において全く別々の個人的体験であり、各種の遭遇として体験される。……しかるにわれわれはきわめて多くの場合に、最も一般的な形で一億国民の決意を語り、覚悟を説くのであって、国民各員が戦争によって遭遇している個々の事情の相違については、言及しないのが却て普通になっている。……しかし……戦争生活における差別相にたいして、ゆきとどいた考察を加えておくことは、戦争政治の要諦であり、また国民全体としての責任でもあると思われる」と。

大熊の、このような国民生活における〈差別相〉擁護の立場が、画一的強制以外に政治手段を発揮することのなかった総力戦国家の政策と鋭く対立するものであったろうことは、藤田省三の指摘（「天皇制とファッシズム」・『天皇制国家の支配原理』）を俟つまでもなく明らかである。とは言え、もとより彼の国策批判も戦争そのものに対する原則的批判の視点を用意しているわけではなく、あくまでも相対的な批判的位置を占めるにとどまっている。戦争体制を、まず前提として受け入れたうえでの国策批判の立場が、現実局面でどのような役割を担うものであるか。わたくしたちは、当時、生産力理論がはたした役割と同様に、大熊の政治経済学もまた、その時論的・政策的な性格からして、一層有効な体制補完作用をもつものであったことを指摘することが可能である。

四

これまでみてきたように、戦時下に大熊がなした学問的営為は、一方において画一的強制力の発動のもと、国民生活の個別性を無視していく政策に抗するという形で、許された言論の内外に、いくばくかの国策批判と抵抗の姿勢を含ませつつ、他方「国家総力戦の技術学」という形で自覚的に国家教学の体系化をめざすことによって、当時の戦争政策に合理的な根拠を与えるという点でも多大の貢献をなしたのであった。

大熊の暗転の第一歩が「日支事変」にあったことは、すでに述べたが、その頃の内面的な苦衷を戦後になって、彼は次のごとく記している。大熊が人となりを造型していく際の知的環境からして「べつな唯物的な歴史観が自分にあったので、それをすてるか、でなければ思いきってひしまげるかしなければ、あたらしい考え方に従うことができなかった。自分は無理を感じながら、新秩序思想の方に追従していった」と（『告白』）。

大熊の語る自らの内面的な苦衷や葛藤の存在を、わたくしは認めるにやぶさかではない。そうした彼の主体的状況は、なによりも大熊が後退戦を演じた時期の代表作と目される『国家科学への道』に、よくみることができるであろう。全四部二十四章の構成をもち、五三一頁におよぶ、この大著は山田宗睦によれば誤謬の書（『危険な思想家』）と呼ばれるものであるが、基本的には、そうであるとしても、しかしながら時局への便乗的色彩を色濃くもちながら、なお、同書における国体論議の複雑な屈折にみられるごとく、どうしても同調し得ない悲鳴を、わたくしたちは同著より聴きとることができる。

にもかかわらず、大熊経済学が戦時下にはたした役割を概括的に述べるならば、それは「実に学問を死への呼びかけとして使う」（鶴見俊輔「翼賛運動の学問論」・思想の科学研究会編『共同研究・転向　中』）ものであったと言えよう。しかし、大熊その人は自らのなした戦時下における仕事について、まったく異なった自己評価を加えている。すなわち、梯明秀の『告白の書』とともに、戦後、いち早く書かれた誠実なる自己裁断の文章として名高い『告白』（季刊『理論』創刊号・一九四七・四より第四号・翌年五月掲載）のなかで、大熊は自分の戦時下における生き様をふりかえって自問自答している。それによれば、彼は自分の研究が理論そのものの必然の道ゆきとして経済学の領分をぬけ出し、当時、戦争政策としての国家配分の問題にまで踏み込んでいったことは、いったい正当か否か、と自問したうえで「自分はそのような研究態度の正しさをゆめにも疑うことができない」と言い切っている。そして、また、われわれの生活を貫く原理の普遍性について科学的な認識の必要を説くことは、戦争のあるなしや勝負と無関係である、とも述べている。

自らを容赦することのない、およそ考え得る限り良心的で、徹底的な自己解剖の文章として世評高い『告白』において、自らの学問的営為の理論的・政策論的な首尾一貫性を主張することにより、その点で戦争責任（転向の自意識）を拒んでいるという図は、いささか奇妙と言えば奇妙なことであると言わざるを得ない。もっとも彼は自己の戦争責任を一切回避しているわけではなく、戦争体制の強化過程を、そのまま生産と生活の社会化過程とみた判断の誤りと、ジャーナリズムの分野で彼がなした一般的な文筆活動について責任を負うと述べている。後者については、いちおう、小論の考察対象としていないから言及を控えるとして、前者については、先ほども、ごく簡単にではあるがふれたように、いずれにしろ大熊は判断の誤りをひき起こした、その原因を自らの学問的方法との関連で剔抉するという作業を『告白』でしていない点、指摘しておく必要があるだろう。

大熊は学者として、あるいは評論に筆をとるものとして、人びとが見失っているもの、忘れているもの、しかし、歴史のなかに動き、われわれの生存を支配しているものをつかみ出してくるという、いわば探求者の姿勢を持しつつやってきた自己の仕事に対して、ゆるぎのない自信をもってきた。とりわけ、いま、大熊の主張をうべなったことからもうかがわれるように、普遍概念としての配分原理の析出こそは、学者としての大熊がつとに誇示したところである。しかしながら、配分理論が、いつ、いかなる条件のもとでも貫徹さるべき普遍概念であるということを根拠に、総力戦に道を開くべく「国家科学としての経済学」理論を構想することにつとめた大熊の学問的営為が、戦争責任という観点から、不問に附されてもよいとはとうてい思われないのである。以下、この点に関連して、わたくしは若干のことを述べておきたい。

配分理論が普遍妥当という点をとらえて、大熊は、そのメリットを強調しているけれども、わたくしは、まさに普遍妥当なものであるがゆえに、ニュートラルなものとして配分理論を理解したい。配分理論のニュートラル性とは何か。それは大熊自らも言うように、いずれの価値論にも内在する経済行為の本質的形式であり、しかも、そうした諸形式にともなう価値判断の理念または基準として、いかなる哲学をも導き入れることが可能なものなのだ。このことを換言すれば、配分理論には、つねに、いかなる政治理論とも連動することの可能な回路が組み込まれていたことを意味しており、してみれば配分理論と時代の政治的要求との結合こそは、配分理論の拡充をおしすすめていくうえでの精髄であったとすら言うことができよう。

普遍妥当であるがために、いかなる政治に対しても窓を開いている配分理論の学的性格については、当時、経済社会学を構想することで〈第三の道〉を見出すべくつとめていた、ひとりの経済学者により手厳しい論評がくわえられている。この論者の論評は配分理論の普遍妥当性が「配分概念の本質性を示さないで却ってその抽象性と無性格性を示している」という点につきる（傍点は今村。高島善哉『経済社会学の根本問題』・一九四一）。

その抽象性と無性格性とのゆえに、いかなる価値判断形式や主体的な意欲とも、何の媒介も要せずストレートに結合し得る配分理論は、しょせん、人をして、いとも簡単に政治的な機会主義に導く役割を担わせられるのであり、戦時下に大熊のなした「理論拡充」は、まさにそうしたものとして機能したのであった。

この点に関連して、先の鶴見は「配分経済学の方法そのものが、大熊にとって国家主義的傾斜への決定条件とはならない」（前掲）と述べている。しかしながら、私見によれば大熊が誇示してやまぬ配分理論の「普遍妥当」というコトバに内包される抽象性と無性格性のゆえに、戦時下の政治的要求と結合する形で、彼は「国家科学への道」＝「政治経済学」を構想し得たわけであるから、そうしてみれば、大熊の国家主義的傾斜への決定的条件は、案外、配分理論の抽象的・無性格的方法そのものに潜んでいたと解することができるのではないか。

大熊が原理そのものの導くところ、どこまでも追跡していくのが学者としての正しい態度という見解のもと、自己の戦時下における学的態度の正当性を戦後も一貫して主張している点については、すでにくり返しふれたと思う。わたくしは大熊が執拗に問いつづけてきた「戦争責任」論から多くのものを教えられてきたが、率直に言って、ただ一点、彼自身の学問的営為に対するかたくななまでの肯定的態度がよくわからない。よくわからない、というのは、正確に言えば大熊の「戦争責任」論につきまとう、わたくしの打ち消し難い疑念ということになる。すなわち、かつて高島善哉から批判された配分理論の基本的な性格に眼を閉じたまま、その普遍妥当性をもって理論的なメリットとする主張のみに執着しつづける限り、戦時体制下において、それが理論的領導性を発揮し得たように、今日、新しいファッシズムのもとで、かつてのような役割を担わないという保証はどこにもないからである。その意味で大熊にあって「戦争協力に入ってゆく仕方をはっきりさせ、こういうずり落ちかたをしないための方法を定式化する」（鶴見俊輔「知識人の戦争責任」・『中央公論』一九五六・一）という作業は未結のまま残されている課題と言えよう。

続・大熊信行論ノート

〈醒めた半分の苦悶〉について

はじめに

わたくしは前稿（「大熊信行論ノート――配分理論と転向」）で、戦時下の大熊経済学が状況との関わりにおいて、いかなる変容を重ねていったかという視点から彼の経済学体系の鍵（キー）概念ともいうべき配分理論を手がかりに若干の検討を試みたところである。そこで、わたくしが、いくぶんなりとも明らかになし得たことは、およそ次のような点であった。すなわち、彼が学者としてデビュー以来、久しく持してきた禁欲的な研究姿勢＝純粋理論的な関心方向を十五年戦争下に徐々に国家教学（一層具体的に言えば彼の場合、政治経済学である）の方向へと軌道修正していったという事実、にもかかわらず一方では彼が近代科学としての経済学に親しむなかで身につけた合理的な思考態度をもって、当然、許容された言論の〈自由〉の枠内という制約はあったけれども、国策批判の伏線を張りめぐらせながら苦肉の批評活動に従事した事実、の二点である。そして、この、時代に関わろうとする大熊の異質な営為のいずれにアクセントをおくかによって、彼の評価が大きく揺れることも前稿で指摘したとおりである。

さて、そこで本小稿の意図するところを一言しておけば、一般に「国家総力戦を領導した中心的なイデオローグ」とする評価が定まっているかにみえる戦時下の大熊にあって八・一五まで、ついに決着をつけ得ないまま引きずることになったもうひとつの側面、つまり〈醒めた半分の苦悶〉の跡を確かめることで、従来の大熊信行像に対して、いわば平衡的な視点を用意できれば、と思うのである。なお、ここに言う〈醒めた半分の苦悶〉とは中島健蔵が著書『昭和時代』（岩波新書）の中で時代を生きる一知識人の微妙な生き様のかげり――すなわち、状況に対する屈服と反撥の並存的状態を示唆して用いているものであるが、わたくしは戦時下の大熊がとどめている痕跡を通して、彼もまた、まぎれもない〈醒めた半分の苦悶〉の持主であったと理解したい。そこらあたりの考察が本小稿の課題であるが、以下の行論展開に際して、戦時体制敗北の日に至るまで大熊自身の生き様が時代精神への親和・屈服・反撥のいずれにしろ、ふっ切れていないがために、いきおい、わたくしの叙述もジグザグなものとならざるを得ないことを、あらかじめお断りしておく次第である。

一

大熊の少青年期は明治の末年から大正初期にかけて、ということになるが、彼はトルストイ、ロマン・ロラン、白樺派などを思想的栄養源としながら自己形成をとげ、さらに大正末期から昭和のはじめにかけて、当時、わが国のブルジョア・デモクラシーの最も進んだ地点に位置していた福田徳三に師事し、近代科学の合理的、論理的思考についての訓練を受け、事実、豊かで鋭い社会意識の持主であった。そうした大熊にとって、のちの日本ファッシズムの支配体制と、それが醸し出す精神的雰囲気といったものは、当然のことながら、たやすく受容できるものではなかったと思われる。彼の暗転が、いわゆる日支事変を契機としていることは前稿でも指摘したところであるが、その頃の内面的な苦衷について、「おぼろげながらべつな唯物的な歴史観が自分にあったので、それをすてるか、でなければ思い切ってひしまげるかしなければ、あたらしい考え方に従うことができなかった」(『告白』)と大熊は述べている。戦後になって開陳した大熊の、この回想をわたくしは事実として首肯できるのだが、にもかかわらず、一方では「いざ戦争となった以上、国策には従わなければならないという揺るぎのない所信」の持主でもあった。すなわち「あたらしい考え方に従う」ことに相当の無理を感じる一方で「いざ戦争となった以上……」とする分裂した心象風景のうちにこそ大熊の〈醒めた半分の苦悶〉が横たわっていたというべきだろう。こうした二様の心象を同時にいだきながら時代を生きようとした時に彼が自己説得のために用意したひとつの言い分を、わたくしは彼の次のような言明から読みとることができると思う。「映写中は映写幕の世界に吸われていたことも真実でありながら、ひとあし映写室を出れば白昼には白昼の論理があったのだ。思想と現実とは、日本人の心では、いわば明暗二つの世界であり、思想はスクリーンの上にしかないものだった」（『個における国家問題』）というわけだ。思想は思想、現実は現実とする、この二分法的な使いわけは、ひとり大熊のみの特技ではないのであって、こと戦時下に限ってみても、日本的（近代的）知識人の多くが、あれこれ考えあぐねながら、結局、何の歯止めも用意できないまま足をすくわれる結果となったのは、たぶんに、この使いわけの論理にもとづいているのである。いずれにしろ、大熊もまた、思想と現実に対する日本的知識人にふさわしい理解の程度をもって戦争体制肯定への水門を開いていくのであったが、しかし、そうした現実受容のプロセスは、彼の場合、意外とこみ入っているのだ。

たとえば、戦争体制の強化・拡大に一層の拍車をかけられることとなった日中戦争勃発前後、すなわち一九三七年（昭和十二）頃の大熊を知るうえで示唆的と思われる、ひとつの事実を紹介しよう。

昭和思想史にある程度通じている諸兄にとっては既知の誌名と思われるけれども、『学生評論』は京都大学における学生会委員の改革派グループや関西の各大学の抵抗意識をもった学生を基盤に、滝川事件三周年記念日にあわせて一九三六年六月五日に創刊され、以後一年ほど存続した月刊の文化思想雑誌である。『学生評論』は一定のイデオロギーに立つマニフェストを公にしているわけではないが、この雑誌の基本的な性格を一口で言えば、それは学問と文化の自由を擁護すべく、狂暴化しつつあったファッシズム勢力の抬頭と横行に対する合法的な抵抗線を張ることにあった（当時の時代状況下における、この雑誌の位置づけを含めて詳細については郡定也「京都学生文化運動の問題――『学生評論』の場合」・同志社大学人文科学研究所編『戦時下抵抗の研究 I』みすず書房刊、を参照されたい)。

　こうした、いわば民主主義的な批判精神にみなぎる『学生評論』の姿勢に対して、大熊は少なからず共感するところがあったとみえて、彼は約二百名たらずの定期購読者のうちのひとりであったことが『特高資料』(昭和十三年九月分)から確認することができる。否、単に一定期購読者というにとどまらず彼は第二巻第一号(一九三七年五月)が企画した「何を読むべきか」というアンケートに戸坂潤・三枝博音らと共に回答を寄せている。その回答のなかで大熊は河上肇『貧乏物語』、西田天香『懺悔の生活』、カーライル『衣服哲学』を良書として推薦し、さらにミルやクロポトキンの自叙伝などに眼を通すことも勧めたのであった。ここに大熊が挙げたリストを一瞥するに、彼の自己形成史の延長線上における嗜好と教養を求められるまま学生の前に披瀝したものと言えるであろう。そして、時あたかも、この時期が皇道派的観念右翼の精神を諒としつつ、国防国家体制への変革に向けて軍事官僚の絶対的な支配の確立がなされる時であってみれば、かかる時務情勢下に彼が勧めた図書の数々の意味するところ、それは回答者の時代に対する寛容ではない姿勢を言外に物語っている。

　翌一九三八年(昭和十三)に大熊が筆を執った「経済学における自由主義的限定」は、雑誌『思想』四月号が特集した〈自由主義検討〉のために寄稿されたものである。この特集号が発売される直前の二月一日、いわゆる労農派学者グループを中心に全国で三十八名が逮捕され、さらに同年十月には自由主義者として精力的なマルクス主義批判をつづけていた河合栄治郎の著書が発禁処分となり、司法省は「いまや民主主義・自由主義の思想は共産主義発生の温床」と発表するなど、総じて「自由主義という言葉は今日最も評判の悪い言葉の一つ」(『思想』四月号・編集後記)とされる時期に『思想』が企画した特集は別段、時勢に迎合することを意図して組まれたわけではない。それは寄稿している執筆者の顔ぶれからして明白だ。すなわち、目次を追うと大熊の前掲論文のほか、清水幾太郎「自由主義の系譜」、本田喜代治「芸術と自由主義」、金子鷹之助「英国自由主義の興亡」、成田重郎「フランスの自由主義」、という具合に文字通りリベラル派が並んでいる。

ところで肝心の大熊の論稿だが、主題の性格からして時論的な主張を盛り込んだものとは言い難く、近代経済学の高度な純化現象にもかかわらず依然として自由主義的本質を内在させているのだ、ということを理論経済学的な考察として展開している。この、いわば解説調の論旨に支えられた論稿が一定の情勢として、すでに当時、進行しつつあった国民的自由の圧殺と鋭く対決するものとはなっていないにしても、この段階で大熊が自由の価値を懸命に説いている様は留目に値すると思う。ただ、のちに彼が自らの戦争協力的な姿勢をとる際に合理的な根拠を与えることとなった〈政治経済学〉への関心方向が、この論稿の末尾に予示されているという事実も、また記憶しておいたほうが良いだろう。すなわち、大熊は「経済学が仮説的な『科学』として永久にとどまりうるか、実践原理的な体系に転化して一発展を遂げなければならない運命にあるか」と問題を立てたうえで、経済学が志向すべき方向は後者であらねばならぬ、とする結論を得ているのである。そして、事実、それ以後の彼が経済学者としてなした学的営為は自らが得た結論を手がかりとして、徐々に経済学の実践原理的な拡充へと進んでいった点に求めることができる。ここに言う拡充という名の大熊経済学の変質過程こそが、戦時下の彼の思想と行動を解明するうえで、ひとつの問題性として横たわっているわけだが、この点については前稿で縷々述べたところであり再言の要はないだろう。

二

次に一九四一年という年が大熊にとって少なからぬ意味をもつのは『国家科学への道』と題する戦時期・大熊の営為を特徴づける代表的著作とも言うべきものを公刊したことにおいてである。つまり本書は、大熊が時代の波にもまれながら揺れ動きつつ辿りついた、ひとつの到達点をかなり無惨な姿で顕在化していると言ってよいであろう。たとえば、その序文にしてからが、本著のそうした基本的な性格を如実に示しているのであって、それは「あたかも、この序文の筆を執ろうとする日に、対米英宣戦の大詔は渙発せられた」にはじまり、「われわれの学問をして、いまこそ戦火の中をくぐらしめよ」という不気味な言葉で結ばれているのである。加えて、この序文執筆の日付を「皇紀二千六百一年十二月八日」と記すことも彼は忘れていない。

思えば羽仁五郎の『クロオチェ』は、これを遡る二年前、一九三九年の出版であるが彼はこの著書に序文を書いていない。それは書かなかったのではなく、書けなかったのだとわたしは解している。この時代に出版された著作に冠してある序文の殆どは、大熊のそれに見られるようなトーンのものばかりであったから――また、そうした序文を冠するものだけが社会的に存在を許されたのであった――、羽仁が著書の通例に反する形で序文を書かなかったのは、そのこと自体が、直面する時代状況に対して明確な拒絶ないしは抗議の姿勢を示しているのである。

さて、ところで全四部二十四章の構成をもち、五三一頁におよぶ『国家科学への道』は山田宗睦によれば「大熊の挫折の記録」と呼ばれるものであるが、にもかかわらず第一部「国家と学問」、第二部「国家科学の諸問題」、第三部「文化政策と世界観」、第四部「精神的危機の諸相」におさめられた二十四本の論稿の性格は一重ではなく、その論旨にはかなり屈折した偏差が認められる。

「翼賛運動は、ぼう大な量の紙くずとなるべき文献をうんだ」とは鶴見俊輔の言だけれど、確かに先刻から示唆しているように本著が当時の客観的状勢と大熊自身の主体的な状況との微妙な絡みあいのもとで、滔々と流れる時代の潮流に押されているのは否み難い事実である。しかし、そこで彼は、従来把持してきた支配的な時代の潮流に対する一定の批判的視点と抵抗の意識を丸ごと清算してしまったのか、と言えば簡単にそうとは言い切れないのであって、その点で単なる「ぼう大な量の紙くず」ともひと味ちがうものをもっていたと言えるのではないか。

おそらくは、このひと味ちがうという点について著者自身にも自覚するところがあったせいか、刊行当時も戦後になってからも大熊は本著に対して自らが非同調的に時代を生きた証としての評価をもちつづけた。たとえば一九五七年に書かれた「歴史の偽造者たち」(『国家悪』所収)に「……しかし『国家科学への道』と題する論集を公刊する勇気をもっていた」と述べられている。大熊の自著に対するこうした評価が奈辺に端を発しているのかという点については、以下に展開するわたくしの叙述をとおして推察することができるように思われる。

あらかじめ、わたくしが本著を一読しての印象批評を述べるならば、彼をして、あれほどまでに饒舌家たらしめたものは、いったい何であったろうか、という点である。と同時に、そのおどろくべき饒舌ぶりにもかかわらず、ひとつのセンテンスの中に肯定と否定が同居するような錯綜した不透明さが随所にみられ、他人の意見を解説・紹介しているのか、それを借りて自分の主張を開陳しようとするのか、読み手に尻っ尾をつかまれることを注意深く警戒しているようなふしもあり、いたずらに徒労感を覚えさせられた。こうした感想は、どうやらわたくしだけのものでないようであって、鶴見俊輔もまた、「一九二〇年代に大熊が登場して来たころの明晰文体はかげをひそめ、政治的なあいまいさをもつ文体にかわっている」(「翼賛運動の学問論」・思想の科学研究会編『共同研究・転向 中』所収)と指摘しているのである。

さて、こうした明晰さに欠ける文章表現でもって大熊が論じていることは多岐にわたっているのだが、ここでは、おもに〝国体〟問題と、それの経済学的体現として構成された〝日本経済学〟に対し、彼がいかなる譲歩と反撥を示しているか、という点をフォローすることで彼の一定の立場性を明らかにしたい。

従来、わが国における国家意識の注入は、ひたすら伝統的・封建的な家父長的忠誠を大々的に動員しつつ、これを国家的統一の具象的存在としての天皇に集中するという形をとって行なわれてきたけれども、とりわけ一九四一年、太平洋戦争の勃発は日本主義イデオロギーの渦を一層拡げるうえで何よりもはずみとなった。客観的な基礎づけや論理的な連関を無価値なものとして、ことさらに排撃し、自己の心情のみを主観的に語る日本主義イデオロギーの食わせものぶりについては、当時戸坂潤による周到適切な批判（『日本イデオロギー論』）がなされたが、この頃のこうした流行現象は近代科学としての経済学の領域にも浸透し、独善的な国粋（日本）経済学が叫ばれるようになった。

およそ科学的・合理的な思考態度からは縁遠い、この国粋（日本）経済学に対する大熊の応接ぶりについては第二章「日本的独創の問題」や第八章「〈国籍なき経済学〉の問題」をとおしてうかがい知ることができるようだ。文意の明晰さという観点から言えば、第二章のほうが余程すぐれていると思うけれども、この時期、大熊の自己防禦と自己主張のはざまにおける文意の不透明さを紹介するのも意味のないことではないだろうから、ここでは第八章の叙述をうべなってみよう。

大熊は〈国籍なき経済学〉、すなわち普遍科学としての経済学を論ずるという形で日本経済学の問題性を逆に析出しようとするわけであるが、その際に彼は小泉信三や高田保馬という他の論者の見解を示しながら「経済学者は国家の急に赴かねばならぬ」という形で論をリードしている。すなわち、大熊は小泉の「国籍ある日本経済学の根底に国籍なき経済学が横たわっている」とする見解や、高田の「学問の本質に日本的と西洋的の二つがありうるはずはない」とする主張を引き合いに出しながら、一応次のように述べる。「問題は実に簡単にして明瞭である。理論研究は『日本的という掛声』で邪魔されてはならぬ」と。一度は、こうして信念にもとづく普遍的理論的研究の閑却という風潮をあり得べからざることとして排しながら、そのように言い切ってしまうことに、ある種の不安をもったせいか、すぐさま「おそらくこれを逆にして、ということもできよう」として、先の立言をひっくり返している。「経済学における日本的領域の昂揚は、それが理論にあらずとの理由によって否認さるべきではない」というのが、それである。大熊の文意の明瞭さに欠けるひとつの例として揚げたのであるが、この問題について彼が揺れ動きつつも奈辺にとどまろうとしているか、わたしたちは辛うじて次のフレーズから判断の材料を得ることができると言うべきか。すなわち、「茸狩の季節には、食べられぬ茸も山に同時に叢生するごとく、一つの歴史的季節には、ただ季節を告げるというだけの、雑多な現象が伴うことを、あまり気にしてはいけない」と大熊は第八章の結びで述べている。この落ちの部分だけを抜きとってみると、きわめて含蓄に富んだ言い廻しであり、大熊が当時、跋扈していた便乗的イデオロギーの一種である日本経済学構想に対して冷静な眼を喪ってはいないことがわかる。しかし、それにしても、あるところでは日本経済学に邪魔されてはならぬと言い、次に一転して日本経済学を否認してはならぬと言い、そして食べられぬ茸＝日本経済学を気にしてはいけない、という具合に大熊の、かくも行きつ戻りつの思わせぶりな言い分につきあわされる読者の方も大変だったろうと思う。

三

さて、話が前後して申し訳ないけれども、次に日本経済学のイデオロギー的根幹をなしている〝国体〟問題に対する大熊の態度表明をみることにしよう。

『国家科学への道』の第十四章「文化政策の問題」で大熊は時下の諸評論を瞥見したところ危機の精神に欠けていると断じ、なにゆえに、そうした事態を惹起させているかと言えば日本の運命を真に主体的に自己内部の運命として論者自身が感得していないせいだと述べている。他の論者の筆になるものについて、かく述べるだけのことはあって、彼自身の過去に対する否定的な総括というよりも懺悔に近い響きをもった意味のことを書き記している。つまり、これまで自分が右翼思想や、その運動に応接してきたしかたは、たぶんに反撥的であり嘲笑的であり、好まないものとして眼をそらしてきたことの当然の結果として、この分野について言えば何も知らなかったと自己批判しているのだ。そして従来の、こうした態度は、あらゆるものに関心をもつべき知識人の科学的態度にもとるものであったとし、彼は、これを突破口として「心を展いて、その存在の本質の中に歩み入らなくてはならない」と自己説得に乗り出している。

はじめの方でも示唆したように、近代的・科学的な知識と論理的思考を身につけていた大熊は、それ以前に、おそらく天皇制や家族制度に集約される近代日本の封建的社会機構を見くびっていたはずなのだが——だから、この時点で自己批判を必要としたわけだ——、こうした唾棄すべき日本的状況が絶対に回避し得ないものとなった時に、かくのごとく軌道修正をはじめたのであった。もとより、このような対応はひとり大熊のみのものではないのであり、「哲学や史学や政治学はおろか、経済学の研究にさえ、国体観をひとつの原理としてすえなければおさまらぬような情勢」（『告白』）のもと、近代志向をもつ日本的知識人の多くが辿ったコースでもあった。

ところで、大熊は、いまみたように、この時期、自己批判と自己説得につとめるかたわらで、同じく論壇で仕事をしていた他の知識人たちに対しても軌道修正を強く求めるようになっている。たとえば近衛文麿のブレーントラスト、昭和研究会に結集する知識人たちが〝国体〟問題に対してさわらぬ神にたたりなし、を決め込もうとする態度を大熊は厳しく指弾し、さらに、そうした人びとのものしている評論の殆どが「国家的な主体性によって骨髄を貫ぬいていない惑星的評論」でしかないと苦言を呈し、自他を引き立てるように、〝国体〟を基軸に据えた「惑星的」でないものを書かねばならぬと主張している。当時、すでに軍部・ファッシズム勢力は「日本国体に就いての自覚」を踏絵として知識人に迫るという状況にあったけれども、大熊の主観的な意図が奈辺にあったにしろ「惑星的」でないものを書けという形で国家教学への道を督励することは、息苦しい時代を精一杯理性的・良心的に生き抜くための選択可能性を模索していた人びとにとって実に許すべからざることであったにちがいない。すなわち、当時の知識人世界の気圧配置図を図式化すれば〈追いつめる側〉と〈追いつめられる側〉ということになるであろうが、〈追いつめられる側〉のひとりであった清水幾太郎は大熊を〈追いつめる側〉＝インテリ自己反省論派の代表とみたてたうえで彼の「愛国心というものを踏絵の代りに持ち出し兼ねまじい口吻」を強く批判したのであった。

ちなみに『国家科学への道』に収録されている正面きった知識人批判としては第二十一章「知識人における思想と心情の転機」、第二十二章「愛国心の問題」、第二十三章「日本主義と世界史の立場」が挙げられるけれども、とりわけ第二十三章で大熊は三木清の『知識階級に與ふ』を俎上にのぼせている。そこで大熊は三木の哲学的態度を「青竹を火にいぶして曲げにかかったような」ものだと評しつつ、『知識階級に與ふ』の一節「われわれは過去にたいする関係において肯定的でなければならぬ。われわれが昨日まで西洋崇拝であったとしても、或は自由主義者であったとしても――かりにマルクス主義者ですらあったとしても、われわれが個人の問題や階級の問題の解決に熱情を抱いていたというのは悪いことではない」という文言をとらえて、その自己肯定的な態度をあまりに軽易な考え方だとして、いかにも自己反省論派の代表選手にふさわしい批判を加えている。

ここにみたごとく、大熊は自他に魔術を仕掛けるようにして翼賛運動の戦列を整えることに意を注いでいるわけだが、にもかかわらず、その一方で行間を注意深く読むならば、押し殺し難い〈醒めた半分の苦悶〉の存在を認識することも可能であり、そうした意味で彼が状況に対して完全に陶酔的であったとは言えないようだ。大熊が、さしずめ為体の知れぬ不消化物を自らの合理的な思考過程に割り込めていくことに対する自覚症状を喪っていないことは先に引いた「文化政策の問題」の次のようなやりとりからうかがうことができる。すなわち、彼は、なぜ日本の国家思想と、その運動を究めなければならないのか自問したうえで、こう記している。「本体を究めることは、同時にその限界を知ることである。どのような事物にも限界はある。究め尽せば、またその転回点もおのづから判るであろう」（傍点は今村）と。そうでも思って、気を取り直さないことには到底呑み込むことのできない産物であったわけだ。思うに、当時のファナティックな日本主義思想の能書きが無限の優位性と効用を説くものであってみれば、「どのような事物にも限界はある」と言い切った大熊の発言は、それなりに大胆不遜なものであったと言えるのではないか。彼が自著『国家科学への道』を公刊するに際して一定の勇気を要したというのも、当時の状況からすれば、あながち根拠のないことではなかったとするわたくしの見解は、たとえば大熊の右にみたような発言をふまえてのものである。

　とは言え、全体のコンテキストからすれば〝日本経済学〟に関しては、先に紹介したように「食べられぬ茸」として辛うじて一蹴したかにみえる大熊も、こと〝国体〟に関する論議では、なるほど、その限界を説くことで一矢をむくいているけれども、しかし彼の言説をみるかぎりでは明らかに数歩の後退を示している。時に、社会的活動をおこなうものが公然と日本社会で存在し得るためには、自分がいかに共産主義者でないかを弁証するだけでは、もとより不充分、自分が、いかに国体論者であるかの積極的な弁証を迫られるという決定的な事態のもとで、大熊も自己の存在証明をなすために躍起になっていたというわけだ。

「国家科学としての経済学」や「世界観の体系化いまだし」などの論稿は、この時期、彼なりの自己弁証を意図した作物であったと考えられるが、いずれにしろ大熊の〝国体〟応接の態度は客観的な状況の推移を忠実になぞっているということが言えるであろう。当初、〝国体〟を受け入れていく努力は大熊の場合、抽象的な概念構成的な領域に限定され、そのことが彼が注意深く現実政治との相渉を回避したいとする主観を働かせたうえでの営為であったと解される。それが一転して否応なしに現実局面で応接していくことを余儀なくされるようになったのは、いわゆる日本経済学派が学問論の領域を離れ、純然たる政治論のみを展開し、その政治論の武器としての〝国体〟論を盾に資本制擁護論を展開するという事態のもと、この〈論敵〉を打ち破るための根拠を求めて「敵の刃をうばって敵に擬する」道を大熊自身が選んだことに端を発しているのである。

　戦争をとおして国家経済体制の目的合理論的な変革という問題意識に根ざした大熊の〝国体〟論は、いわば理性的翼賛派の立場に立つものであったと言えようが、こうした彼の立場も皇道主義的翼賛派からは十字砲火を浴びることとなった。この間の事情について、大熊は『告白』の中で「大逆思想のそしりを受けて、さすがに一時は顔から血のけがうせたおもいだった」が、「すでにひとつの打撃をうけた人間の、一種惨然とした精神状態」で新たな〝国体〟論と取り組むことになったと述べている。大熊にとって、第二の転向と目されるのが、ほかならぬ、この時期に相当するけれども「こゝろのみ　何にすがらむ　めつむりて　えも逆らはず　身を剥がれゆく」という自作の歌は、この頃の彼の心象風景を良く伝えていると思う。

　ところで大熊が明らかにしたところの、この日本経済学派が旗をふる〝国体〟論との対立・

抗争が、つまるところ翼賛派＝戦争協力陣営内部の対立でしかなかったとしても、当時の大熊の相対的な立場性を明らかにするうえで注目に値する事実だと思う。大熊は戦争期における思想史研究のポイントが主戦と反戦の対立よりも、戦争支持者間の思想的対立にあると述べ、この方に光を当てることを主張しているけれども（「大日本言論報国会の異常性格——思想史の方法に関するノート」・『文学』一九六一年八月号）、そうした主張は戦時下・大熊自身の相対的な立場性に根ざし、その延長線上でなされたものであったと解される。端的に言って、この大熊の当時における相対的な立場性は、とりもなおさず〈醒めた半分の苦悶〉の存在が彼をしてとらせた、ひとつの立場ということになるであろう。では最後に敗戦前夜における大熊の〈醒めた半分の苦悶〉の流露したところ、つまり彼の立場性をうかがうことにしたいと思う。

四

個人と国家、自己と社会の分裂あるいは対立についての苦悩は、この時代を生きる知識人の多くが背負い込んだ宿命的な課題であった。しかし戦局の苛烈化にともない、日本社会のあらゆる分野における非同調者への物理的抑圧による全体戦争体制の整備が至上目的とされるに至って、最早、自己の呻吟を表明することなど許されるはずはなく、ただ一色に軍隊用語と右翼の神がかり的な信仰用語を濫発しながら身づくろいをしていくより術はないという状況のもと、相変わらず大熊は自らの内面的な葛藤を始末できないまま持ち越している。

一九四二年になると雑誌『思想』が六月号で〈太平洋戦争〉の特集を組み、これに大熊も「われわれの問題」と題する論稿を寄せている。執筆者の顔ぶれとしては、ほかに高坂正顕「大東亜戦と世界観」、飯倉亀太郎「国家と戦争」、平野義太郎「諸民族統治・指導の原理」などがあるが、これら執筆者たちの、いかにも確信に満ちた言説にひきくらべる時、大熊の論稿のトーンは何と弱々しく昏迷的なことであろうか。

大熊の書き出しは、「どうしたならば、日本の現実が、この一個の日本人に呑みこめるようになるであろうか？」という自問ではじまっている。すなわち、大熊は、いまだ、この段階においても、なお自分と「日本の現実」との間に和合し難く存在する溝を敏感に感じとっているのであり、そのことによる困惑と苦衷をかくすことなく語っているのである。彼は、また自らが自覚している溝を次のようにも言い表わしている。「日本の歴史と、自分の全存在とのあいだに、すきまのない状態が来たとはおもえ」ず、「この現実の確かさのなかで、自分の生きている工合が、まだ浮いているようにおもわれ」ると。当時、殆どの知識人は高坂正顕流の「当為即事実、事実即当為」の論理に依拠するか、あるいは自己と国家との合一のなかに自分のあるべき姿を見出すか、このふたつの途のいずれかを選びとることによって、現実と自分との溝を埋めるべく努力しているが、結局、大熊が合一をめざして選びとった途は後者であった。すなわち、大熊は、この論稿の末尾で大串兎代夫の『日本国家論』が説いている日本〝国体〟は比較を越えた絶対的な優位性をもっているのだとする議論に「新らしい端緒を得たかのような感じ」をもつことができた、という地点にわが身をおくこととなった。ともあれ、わたくしが意外の感を深くするのは、当時、有力なオピニオン・リーダーのひとりと目され、その活躍ぶりは新明正道・難波田春夫などと共に評されていた大熊にして、かくのごとき迷い多い内面状況を完全に払拭し得ないでいるという事実についてである。あるいは彼が旺盛な文筆活動をとおして自己表現につとめた、その根っ子は迷いを何とかしてふっ切りたいとする願望によって支配されていたのではないだろうか。

状況的には、その後も悪化の一途をたどり、〈怒号〉のボルテージは、いよいよ手のつけようがないところまで突き進むのであったが、そうしたなかで大熊は、いまも述べたように違和感をもちながらも、なんとかして、わが身を「日本の現実」に近づけるべく意を用いている。彼の、その後の〈努力〉のあとを知るうえで戦局も最終段階を迎えた一九四四年、雑誌『理想』三月号に寄せた論稿「大東亜戦争と学者」に言及しておきたい。

大熊は戦時中のことをふりかえって、のちに「次第に固い古風な文章を好み、候文を毛筆と巻紙で書くようになった」（『告白』）と、文章表現の嗜好においても時代の風潮におし負けていった様を語っているが、事実、ここにみる「大東亜戦争と学者」の文体（内容も含めて）は昭和十年前後までの平易で明晰、達意の文章家であった彼を知るものにとって、それは、あまりに寒々とした無惨な姿を呈していると言える。まず、その書き出しからして、この頃特有の無内容な荘重さによって彩られている。「大東亜戦争の意義および目的は、畏くも大詔に明かである。それのみならず、このたびの戦争がその方式において前線銃後の別なき戦いでなければならないことも、大詔に仰せ出されてあるのである。「億兆一心国家ノ総力ヲ挙ケテ征戦ノ目的ヲ達成スルニ遺算ナカラムコトヲ」と宣うたことは、このたびの戦争がいかなる方式において遂行されなければならないかを、明示し賜うたものと拝察されるのである。しからば、この聖旨を奉戴して、学問の徒が為すべかりしこと、また現に為すべきことは何であるのだろうか」（原文は旧カナ）

このものものしくも仰々しい書き出しをもつ「大東亜戦争と学者」で大熊が言わんとしていることは、時勢を受けて学者の任務が国家の政治・軍事行動に直接の貢献をなすことにあり、かつ皇国学問の道統への帰心を基軸として、新らしい〈理論体系の建設〉に傾注すべきであるという点にあった。すなわち、ここに言う基軸が〝国体〟に求められることは自明のことであり、新らしい〈理論体系の建設〉が政治学にせよ法学にせよ経済学にせよ、いずれにしろ個別諸科学は、その心をひとつにすべしと主張することによって、大熊は、最早、学問論を政治論として展開するに至ったと述べても過言ではないだろう。しかしながら、と言うべきか、と同時に、と言うべきか、いずれにしろ大熊は、一方で、いまみたごとき退路を断たれた者にふさわしい短絡した議論を開陳しながら、他方、この時点においても彼の相対的な立場性は確認し得るのである。そして、わたくしたちは、ここに翼賛派内部の対立局面が解消されないまま内訌している様を読みとることができる。

すなわち、同稿の後段において大熊は「皇国学問の体系的構想を筆にするものがあれば却ってこれを敵視し、総じて学問的構想を反撥するごとき態度をもって国体論の立場なり」とするような考え方を「錯誤した観念」であるときめつけ、そうした風潮に与するわけにはいかないと明言している。さらに、また彼は「月刊雑誌中心の評論壇に国体思想が盛り上ってゆくというだけのことであるならば、思想戦というものはむしろわれわれの関心事ではない」と言い放ち、およそ学問の用は、その一日において役立ち尽すような性質のものではなく、後世におよんで有意義の発揚をみる場合の稀でないことは、歴史の証明するところだと説いて、自らが前段で展開した学問を政治の下僕たらしめようとするかのような議論を、もう一度、ひっくりかえしている。ここに紹介した「大東亜戦争と学者」後段の主張は、きわめて冷静・ノーマルなものであり皇道的翼賛派に対するポレミークな姿勢を崩しておらず、理性的翼賛派の面目を保っていると言えようが、これと、同稿前段の情念がギラギラ前面に踊り出ているかのような主調音とは、大熊の内面において、どのように整理されているのだろうか。私見によれば、彼のうちで一定の整理がなされておれば同論稿にみられるようなバラバラの見解表明は考えられず、そうした意味で彼は前・後段の内容的な連関・統一をはじめから断念しているように思われる。三木清を評して「青竹を火にいぶして曲げにかかったような」と述べたのは、ほかならぬ大熊であったが、ここにとりあげた論稿などを読むにつけ、まったく評者自らにふさわしい形容であると思うのは、わたくしばかりであろうか。

ともあれ、後段の文脈が示唆しているように、この時期の大熊が精力的に論争を挑んだ相手はファナティックな〝国体〟論者であり、また便乗的な〝革新〟経済評論家の一群であったが、その論争の場として、彼は当時、右翼的言論の主導的な役割を担っていた悪名高い雑誌『公論』に求めている。山領健二は『公論』の誌面を真に自己の言論の場のひとつとして意識し、執筆にとり組んだのは数多い論者のなかでも、大熊の場合「稀な一つの例」(『革新』と『公論』・(二)」・『文学』一九六二年十二月号)と述べている。ただ山領の論稿からは、かかる評価を引き出すための具体的な叙述がみられないけれども、「敵の刃をうばって敵に擬する」というのが大熊の戦略であってみれば、いずれにしろ、この言論の場の求めかたといい、あるいは山領が指摘したような、それなりに真摯な態度といい、彼の戦略にふさわしい実践であったと言うことができるだろう。こうして満身創痍となりながらも精一杯、合理主義の立場に固執したところで論争を挑んだ大熊ではあったが、結果、西谷弥兵衛らによって「大たわけ」という指弾を浴びることになり、『公論』からも完全に追放されてしまった。以後、彼は〝ハリコの虎〟としての〝国体〟が近代科学に裏づけられた物量の前に打ち砕かれる一九四五年八月十五日まで言論活動に従事することで自己表現をなす足場をもつことができなかったのである。

おわりに

以上、これまで述べてきたことからも明らかなように戦時下・大熊の思想的営為には時局精神への打ち消し難い屈服の跡が認められる。と同時に、国家権力による思想言論の統制と、それに便乗した右翼思想家たちによる国内思想戦が一切の理性的思惟と批判的言動を抹殺していくという状況のもとで、理性と知的良心を完全に放逐できなかった大熊は、最後まで〈醒めた半分の苦悶〉を始末することができなかった。あの時代に、かかる〈私〉性を吐露することは、なにがしかのうしろめたさを抜きにしては良くなし得ることではなかったはずであり、事実、大熊が饒舌に語りつづけたもののなかで圧倒的に多いのも〈公〉性重視の発言であった。にもかかわらず運命の陶酔にひたりきることもできず〈公〉性で自己完結できなかったという点に、わたくしは大熊のヒューマン・ドキュメントをみる思いがする。たしかに、彼の〈苦悶〉にしたところで、所詮、総力戦体制の枠内のものであり、唯物論研究会や歴史学研究会に結集した人びとの理性とも、およそ無縁のものであったことを考慮に入れる時、大熊が批判の対象とした者と彼との対立にしたところで五十歩百歩のちがいでしかなかった。だから、大熊の〈苦悶〉が切迫した情勢総体に対して、どれだけの質の対抗性を用意し得たかなどという設問を立てることは、どだい無理というものである。くりかえすけれども、大熊の〈苦悶〉の質は初手から、そうした設問に堪え得るようなものではなかった。

それゆえ、わたくしが本小稿で大熊の〈醒めた半分の苦悶〉をとりあげたからと言って、ことさらに、それを過大に評価しようとしているかのように受け取られることは、わたくしの本意ではない。にもかかわらず、わたくしが大熊の〈苦悶〉の様（さま）に光を当てることを意図したのは、冒頭でも述べたことではあるが、ひとつに彼もまた、タテマエの化物としてではなく、なにがしかの内面的な葛藤をひきずりながら戦時下を生き延びたひとりの不幸な知識人にほかならないという点を確認したいがためであった。そして、いまひとつ。たとえば平野謙は窪川鶴次郎の当時の仕事にふれて、今日的な視点からする戦争責任の追及はたやすいことだが、同じ窪川の文章は、当時、森本忠などによって、その左翼性が難じられているのであり、そういう相対的な関係を見失う時、戦争中の文学論義の全体的な構図を描き出すことはできない、という意味のことを述べている（「昭和十年前後の文芸思潮」・『純文学論争以後』）。わたくしとしては、この平野の発言に示唆を受けながら、大熊の〈醒めた半分の苦悶〉の所産ともいうべき彼の相対的な立場性を提起することで、いくぶんなりとも戦時下の思想状況にリアリティを与えたいと思ったのである。

あとがき

世に日曜大工や日曜画家という言い方もあれば、二足の草鞋（わらじ）という言い方もある。正確に言えばそれは異なった意味合いをもつものであるが、要するに片方では本業をもちながら、もう一方ではいわば余技としての時間（アナザータイム）に価値を見出した生活の流儀と解してよいだろう。べつに自分の舞台裏をさらけ出すような趣味はないのだが、私もかつて本来の職業人としての生活とは別の時間を道草しながら彷徨っていた時期がある。それぞれに悪戦苦闘していた当時の私的光景を思い出すと、まだ小学生だった娘たちのたわいない話し相手になりながら時間を惜しんで資料を読み、書きすすめた頃の自分の姿がある。

そしてまた、ほぼ同じ時期に私はいくつかの市民運動にもささやかな関わりをもったが、ここに収録した論考のほかに、いわば状況への発言という形でいくつかの文章を書いたことも付け加えておきたい。

ところで、ここには、まさにそのような時期にあたる昭和四十九年から昭和五十七年までの八年間という時間的な幅のなかで主に作家・火野葦平について書いたものを収録している。

ちなみに初出一覧を記すと、以下のとおりである。

第一章　火野葦平の思想体験――作家以前について（『九州人』昭和五十二年六月号、七月号に分載）

第二章　『魔の河』小論――〈悲劇の共感〉の成立をめぐって（『九州人』昭和四十九年九月号）

第三章　『麦と兵隊』論のために――作品評価の一視点（『九州人』昭和五十年九月号）

第四章　北九州翼賛文化運動と火野葦平（『九州人』昭和五十三年四月号）

第五章　『覚書』G項指定と火野葦平（『思想の科学』一九八〇年五月号、六月号に分載）

第六章　〈悲劇の共感〉について――火野葦平小論（安部博純・岩松繁俊編『日本の近代化を問う』勁草書房刊、一九八二年）

その他、火野に関する未収録の拙稿としては

・『麦と兵隊』の位相（『九州人』昭和四十八年三月号）

・火野葦平と戦後の出発――戦争責任問題との関連で（『思想の科学』一九七三年六月号）

がある。

〈付論〉

大熊信行論ノート――配分理論と転向（『思想の科学』一九七五年八月号）

続・大熊信行論ノート――〈醒めた半分の苦悶〉について（『思想の科学』一九七八年一月号）

私が火野葦平に関心を向けるようになったのは、特に地元出身の芥川賞作家であったから、ということとはさしあたり関係がない。今日では語られることが少なくなったけれども、かつて時代の思潮として満州事変の勃発（一九三一年）から太平洋戦争の終結（一九四五年）までの、いわゆる十五年戦争の期間に係って戦争体験論や戦争責任論それに世代論というテーマ設定のもとに活発に議論された時期がある。私はたまたま、そこに遅れてきた青年の一人として遭遇したわけであるが先行する日本人の戦争認識を考える際に恰好の対象のひとりとして火野葦平がいたのである。

したがって、ここに収録したいずれの論考の視座も、また、とりあげた彼の作品もきわめて個人的な関心に基づいており、当初からその全貌を明らかにする作家論のようなものを意図したものでないことをお断りしておかなければならない。ことさらにこのようなことを述べるのは、以前、私の論考を文芸評論として俎上に載せられた際に、どこか居心地の悪さを覚えたことがあるからである。

ところで五百六十六頁におよぶ大著『火野葦平論』（インパクト出版会、二〇〇〇年十二月刊）の著者、池田浩士は火野の誠実さと庶民性が戦争に対して無力であり、抵抗ではなく翼賛につながるものでしかなかったことを的確に指摘した論者の一人として私を引き合いに出している。その評は、なるほど私の作家・火野葦平に対する基本的な立ち位置を言い得ていると思うので、いささか気がひけるがそのまま引用させていただく。「たとえば今村修の「〈悲劇の共感〉について　火野葦平小論」は戦争という巨大な現実のなかに生きる下級兵士にたいするこの作家の感情が、同じ現実に圧しひしがれながらしたたかに生きるという共通項のゆえに中国民衆に対しても等しくいだかれる、という点に着目し、戦後の自伝的長篇『魔の河』にそくして、火野葦平のヒューマニズムの構造と限界を解明する試みだった」(十八頁)。

なお大熊信行論についてふれておくと彼は翼賛体制下において総力戦国家を推し進めるうえで理論家としての論陣を張り、そして戦後は誰よりも早く『告白』(一九四七年)で自らの戦争責任について誠実な自己反省を行うというふたつの顔をもっている。

ここに収録した彼についてのノートは経済学者としての履歴だけをみてもリベラルな精神と合理的な思考の持ち主であったにもかかわらず、時流に押し流されていった一人の知識人の苦悶を追ったものである。

以上、大雑把に述べたことから理解していただけるのではないかと思うけれども、本書でとりあげた火野と大熊についての私の共通する問題視角として、個人の内面世界での軋めく音を聴き取りたいとする思いがあったことを汲み取っていただければ幸いである。

このように、どこまでも自分だけのこだわりで書いたものを、今の時点でわざわざ世に送り出すことに、どれほどの積極的な意味があるのか、われながら疑問を抱いている。あえて意味を見出すとすれば、それは私が人生のある季節を確かに過ごした証に〝記憶のかけら〟として留めておくのもまあ、いいか、という程度のことである。

一連の営みを読み返してみるとき自分の言いたいことが、どの程度過不足なく言い尽くされているか、今となっては心もとないかぎりではある。本来であれば一本にまとめるにあたっては初出時の誤りや不十分なところについて加筆修正をすべきであり、私としても全面的に書き直したいという思いがないわけではない。しかしすでに私の手から離れているものであり、明らかな誤字、誤植の修正は別として一度書いて活字になったものに手を加えることは控えさせていただいた。そのことによって内容的に重複する箇所や表現に不統一な部分などがあるとすれば、これもまた恥を忍んで寛恕願いたい。

末尾になったが、本書の誕生にあたり石風社の藤村興晴編集長をはじめスタッフの皆さんには、なにかにつけよき相談相手になっていただき、大変なお力添えをいただいた。記してお礼を申し上げます。

二〇一二年九月

今村　修

今村　修（いまむら・おさむ）

1941年　旧満州（中国東北部）生

1965年　北九州大学（現　北九州市立大学）卒業

現在　思想の科学研究会会員

共著『日本の近代化を問う』（勁草書房刊、1982年）

ペンと兵隊　火野葦平の戦争認識

二〇一二年十一月三十日　初版第一刷発行

著　者　今村　修

発行者　福元満治

発行所　石　風　社

福岡市中央区渡辺通二―三―二四

電　話　092（714）4838

FAX　092（725）3440

印刷・製本　シナノパブリッシングプレス